iHuman

成为更好的人

当世界变成辣椒

修订版

虹影 著

GUANGXI NORMAL UNIVERSITY PRESS
广西师范大学出版社
·桂林·

DANG SHIJIE BIANCHENG LAJIAO

出 品 人：刘春荣
责任编辑：罗 灿
装帧设计：好谢翔
封面插画：Feridun Oral

图书在版编目（CIP）数据

当世界变成辣椒 / 虹影著．—修订本．—桂林：广西师范大学出版社，2021.6（2021.10 重印）
ISBN 978-7-5598-3676-2

Ⅰ．①当… Ⅱ．①虹… Ⅲ．①散文集—中国—当代 Ⅳ．①I267

中国版本图书馆 CIP 数据核字（2021）第 052262 号

广西师范大学出版社出版发行
（广西桂林市五里店路 9 号 邮政编码：541004
网址：http://www.bbtpress.com）
出版人：黄轩庄
全国新华书店经销
广西广大印务有限责任公司印刷
（桂林市临桂区秧塘工业园西城大道北侧广西师范大学出版社集团有限公司创意产业园内 邮政编码：541199）
开本：787 mm × 1 092 mm 1/32
印张：6.75 插页：6 字数：120 千字
2021 年 6 月第 1 版 2021 年 10 月第 2 次印刷
定价：49.00 元

当辣椒变成世界

恺蒂

早饭南瓜绿豆汤，午饭鱼翅瓜鸡汤荠菜馄饨，晚饭香叶辣椒烤鸡腿加清炒莴笋。

十二月的伦敦，长日苦短，晴空无多，在全国封锁和三级封城间徘徊。这样的一日三餐，是口感的快乐，也是精神上的慰藉。

南瓜、荠菜、鱼翅瓜、莴笋、萝卜，这些新鲜有机的食材，都是从虹影姐家的菜地里挖来。

这大半年时间，因疫情阻路，伦敦重新得到了虹影。这是国内友人之失，却是伦敦友人之得。

于是，在享受口福的同时，也学会了更多烹饪技巧。

第一次做菜时得到虹影指点，是二〇〇一年夏天，在我们白塔山公园对面的公寓里，炒锅里是从鱼市买来的虾。

记得虹影当时轻轻说的几句话:“这虾新鲜，生吃都可以，别放太多料，赶快关火。”至今，每次烧虾，我总是会赶快关火，从来不会烧过头，因为耳边还有她那轻轻的一句。

之后，在她北京上东的寓所或我伦敦的家中，每次见面，总是会一起弄吃的，从她那里学到了无数窍门。例如煎三文鱼最好用杜松子酒代替黄酒；豆腐袋里的卤汁不要扔掉，可以一起烧进菜里；做意面时，不要把煮面条的水全部倒掉，配菜拌入时也需要一些；萝卜叶子用盐腌过，可炒肉丝；荠菜一时吃不完，焯水后挤半干团成荠菜团，放入冰柜冷冻，以后取出再用，同样新鲜……

最让我得益的是煎饺的做法。我一向自持是饺子诗社培养出的高手，做煎饺向来是先煎黄饺子底，再倒水盖锅，而且这个方法已传授给许多人。但在热油上摆饺子时可能会烫到手指，加水时难免会油烟四溅。虹影的方法非常简单:先把饺子全放进煎锅，不用排得整齐，挤一点也没有关系。摆好后再放油，放水，盖锅，然后再开火。十分钟后，揭开盖子，胖乎乎的饺子济济一锅，底黄汁嫩。

虹影做菜，轻松自如，仿佛漫不经心，一边聊天，一边抓一把这个或那个放进锅里，看似并无章法可言。无论在谁家，她总是自告奋勇挽起袖子下厨房烧饭，就地取材，打开冰箱橱柜看看有什么，不一会儿就能配出几样菜。食材和配料虽很随意，火候她却掐得严格。这个煮十六分钟，那个烤二十九分钟，而不是一刻钟或半个小时。就像多年前我炒锅里的虾，现在关火，立即关火。张弛有度，这是烧饭，也是做人。

与虹影认识，是在二十世纪九十年代的伦敦。与她相熟相知，却是这些年来漫长的过程。最早只在一些公共场合见到她，话不多，常常戴着好看的帽子，头微昂着，妩媚的眉眼间有一种傲气，小小的身躯似乎有种一触即发的能量。静如处子，动如脱兔，觉得那应该就是描写她的。后来读《饥饿的女儿》，那种不妥协的真实，没经过精雕细琢的原生的力度，直逼你的感官。人如其书，书如其人，虹影是位犟脾气、硬骨头、敢作敢当的川妹子，《饥饿的女儿》是一枚通红的小辣椒。那几年，每每有英国朋友想了解中国，我都会给他们推荐这本书，之后的评论往往是一句无语的惊叹。也有不少人觉得这本书不容易读，因为它打碎了中产阶级的平静生活，就像习惯了吃伦敦中餐馆温和的粤菜，突然咬到了一口生辣椒。是的，要阅读要欣赏虹影，你需要有吃辣椒的胃口。

当然，时间能抚平一切。那位十八岁离家出走、流浪全国各地、来到伦敦的饥饿的女儿，也在成长。经历了婚姻的变故、失去双亲的痛楚、重新得到的爱情、为人之母的担当，虹影这枚孤独倔强的小辣椒，终于拥有了辣椒的世界。

这个世界是包容的，溢满了温情和色彩，无论黄红紫绿，都亮闪闪的，色香味俱全。时间和经历，让那个孤傲的微微昂着头的冷艳女子，成了最温柔的母亲和厨娘，就像她自己陈述的：“天生饥饿，后天更饥饿，对食物的爱，对人的爱，即便我是一副铁石心肠，也会在一刹那变得柔软。”

近日来，朋友圈里几次出现“四两拨千斤”的字样。这几个字，形容虹影也最合适。从她那里学来的烧菜技巧，有一个最重要的特点，那就是简单、容易。而且，岂止是烧菜，自己家朋友家的大小琐事，缝窗帘，装镜框，修家具，她都轻而易举就能搞定。是啊，“能做一手绝妙好菜的人必然心胸宽广，甚至慷慨。想不出来一个自私透顶吝啬至极的人，能做出一桌好菜款待客人”。邻居家第一次见面的陌生房客，洗衣机坏了，虹影马上取出自家钥匙：“修好洗衣机前，你们就自己开门到我家去洗衣服吧。”

四两拨千斤，因为那四两的背后，有宽大而慷慨的胆识和胸怀，有走过的千山万水、经历过的市面人生。

这是拥有了辣椒世界的虹影。

二〇二〇年十二月十五日于伦敦

修订版序

虹影

一直想写一部小说，讲一个女子出生在辣椒之地，生长在辣椒之地，带着辣椒满世界走。她跟男人的关系，辣椒是引子和核心。最后伤心，离开，隐居在一个类似南非开普敦临海的山上小房子里。

一个年轻亚裔男人屡次经过此地，嗅到辣椒的味道，辣得眼泪汹涌，他好奇，便在窗前偷窥。看到女人做的辣豆子和辣牛肉，馋得吞口水。终于有一次，他看到她在客厅拿着一本书睡着了，便进入她的花园，到她的厨房，偷吃锅里热气腾腾的鸡蛋辣椒鸭腿肉苹果饼。她发现了，却没有惊动他。

由此这段情开始。这个故事结局当然不是黑蜘蛛灭了男人的故事，也不是一个吃软饭的故事。有分有离，才是爱情，而这段情与辣椒结下缘。

每回写，都不满意。因为我每次都会把重点移到辣椒身上。

我喜欢辣椒的色泽，无论黄红紫绿，都亮闪闪的，像女人配饰，拿在手上嚼在嘴里，添了许多妩媚。

喜欢辣椒的多变，甜中带麻，麻中带针刺般舒适，像印度魔鬼椒，吃一枚就可让从不吃辣椒的人在地上打滚，汗流如注。传说红军长征时伤员开刀没有麻药，用此做汤，伤员喝了便可浑身麻得无知觉。

喜欢辣椒的尖圆长短，弯着挺着，像恋爱的情侣，呈现最美的状态。

也喜欢辣椒的猛烈和牵肠挂肚，一边为之流汗流泪，一边直逼往事的深渊，追寻未来的北斗。

十八岁前，山城长江南岸野猫溪六号院子，那间小小的房里，辣椒如同三八线，把一家人划成两派：一派是母亲、大姐、四姐，每顿非辣椒不可，母亲在外做造船厂抬工，周末回船厂上班必带辣椒；另一派是父亲、五哥、二姐，父亲是江浙人，不喜辣偏爱甜味。我和三哥属于中间派，可左可右。家里做菜时先做不辣的，分为两碗，其中一碗放辣椒。父母对辣椒的喜爱不一，让我那时感觉这个家存在某种缺憾，却不知那是因为我是个非婚子。

吃可把陌生人变成朋友，也可把朋友间距离拉远，变成陌生人。吃在一块与否可见极其重要。

过了十八岁，我从中间地段越过辣椒三八线，跑到母亲那一派。天天吃辣椒，一天不吃，就会想得心里发慌。我更喜欢与吃辣椒的做朋友，那是二十世纪八十年代，与南来北往的诗人、作家、艺术家切磋技艺。可是一见钟情的人大都不吃辣椒，看来吃到一块不是男女在一起的决定因素。我渐渐明白父母间的那缺憾所在了。

如今当了母亲，女儿比一般孩子喜爱辣椒，她会问些辣椒的问题，比如辣椒从哪里来。

我说原产自墨西哥，由欧洲传播，明代才传入中国。

女儿说，原来辣椒转了一个地球呀！难怪爸爸也喜欢，我们都是辣椒人。

经常有朋友吃饭时说到辣椒，却对辣椒传入中国知之不多。十五世纪末哥伦布发现美洲后把辣椒从那儿带回欧洲，再由此全球传播。明代传入中国，通过两条路径，一条是丝绸之路，从西亚进入新疆、甘肃、陕西；一条是经过马六甲海峡进入南中国，传入云南、广西等地。开始并不受欢迎，因其对身体有发散、行气、活血等功能，被当作药，驱寒、止痢、杀虫、增强食欲、促进消化，后来才渐渐作为酸、苦、甜、辛、咸五味之一。清陈淏子之《花镜》即记载人们将辣椒研成末当作调味品使用。后中国各地普遍栽培，辣椒成为一种大众化蔬菜。

没吃过辣椒的人拒吃，可不小心吃了后，就狂爱不止，有心尝试，并吃苦不少，方才明白辣椒之真谛。爱是什么？平常的爱不是爱。世界是什么？没有辣椒的世界缺少真实，拥有辣椒的世界，才可面对那最可怕的时刻来临，值得为所爱付出自己的一切。那个在我脑子里盘旋的辣椒女恐怕便是如此。

我知道我将如何让她与他的生命融合，生命有偶遇，有困惑，有灾难，也有奇迹，虽偶尔“碰到棉花也会受伤”，但魔鬼般强大的辣椒，会一直含在我们嘴里。我爱你，心里涌起的是彼此懂得的珍惜和一阵又一阵绵长的欣喜。

这本书是《当世界变成辣椒》修订版，有的篇章甚至整个删掉重新写，特此说明。

目录

第一辑　童年佳肴

第二辑　转来转去吃人间美味

第三辑　那个厨娘虹影

附　录

第一辑

童年佳肴

最早的美食课

在重庆长江南岸的半坡坡上，有一个大杂院，住了十三户人家，共有两个厨房，一个小的，一个大的。我家的灶在大厨房靠天井的一边。本来光线暗淡，有一天父亲自己开了一扇窗，天井的光线进来，整个厨房亮堂多了。那些婆娘都很高兴。大厨房七八个灶，各种锅盆瓦罐和煤球筐，塞得每寸地严严实实。

地盘小，人多，加上重庆人肝火旺脾气急，巴掌大的地充满戏，比大剧场的舞台还生猛好瞧。

邻居们在外为着那一嘴，奔忙辛苦，在家盯着自己锅里，望着他人碗里。互尝对方的菜，这是客气，通常不必客气，直接把长勺伸向邻灶，吃土豆、空心菜、豆子。东家的煤球，到了西家的灶里，油盐酱醋，更容易搬家。谁家买了鱼，得小心看护，一转身去盛水，回来揭开盖，发现鱼面目全非：

“啊，我的鱼脑袋不见了。天王老子，当到我的面都敢吃！不要命了？你们这几个东西伸出舌头来，让我瞧。”

做贼的心虚，不让她瞧。

“日你妈哟，那就是你这个龟儿子馋婆娘偷的！”

千万不能说“偷”，更不能指爹娘骂，一旦如此，一场好架开场。牙齿对牙齿，手对手，脚对脚，碗在旋，筷子在飞，煤球在射，扫把在狂奔，整个院子的大人小孩都到场观战，有添火加油的，有劝架的，有说风凉话的，热闹异常。可是不论打得多么厉害，锅里的菜绝对不会拿出来参战。

架打得再厉害，一家人要吃饭，战斗就会自动中断，到屋子里享用食物，不管对方如何跺脚指天骂祖宗八代，还是专心地吃着饭。

因为生活都不宽裕，如何在有限范围里吃出好菜来，家家都费了脑筋。我开眼看着，充满了惊奇。西瓜吃瓤后，不舍得扔掉，把皮上的白肉切出来，放上盐，拌着辣椒大蒜酱油，真是香脆可口至极。饭有锅巴，放些水，和萝卜叶子一起焖，那萝卜叶子和米粒香得完全可进入《红楼梦》大观园的宴席。

逢着生日必做豆花。先磨黄豆，磨成豆浆，再滤去豆渣，煮开后用盐卤或石膏点成豆花。剩下的豆渣，不会扔掉，纱布包起来煮熟，炒豆渣泡菜，香味不亚于豆花。豆渣太多，吃不完，分一小半做豆渣饼，加一点面粉，放一点葱花，搁点儿菜油和盐，在大铁锅里烙得两面黄澄澄，皮脆，芯柔软，堪谓美味。

常常想吃什么吃不上，便大都在做咸菜时讲些笑话满足嘴馋。说来道去，皆是食物相克的忌讳：

什么羊肉怕西瓜，一起吃会伤元气；牛肉惧栗子，一起吃会呕吐；柿子畏螃蟹，一起吃会腹泻；洋葱蜂蜜，一起吃会伤眼睛；狗肉绿豆，多吃易中毒；萝卜木耳，一起吃会得皮炎；牛肉搁毛姜，一起吃会中毒死亡；驴肉加黄花菜，一起吃会心痛致命；墨鱼勿加茄子，一起吃易得霍乱；兔肉别放小白菜，一起吃易呕吐；芥菜鸭梨，一起吃会呕吐；马铃薯香蕉，一起吃面部生斑；海蟹大枣，一起吃易得疟疾；柿子红薯，一起吃易患结石；豆浆不宜冲鸡蛋，一起吃会便秘；鹅肉鸡蛋，一起吃会伤元气；猪肉菱角，一起吃会肚子痛；豆腐蜂蜜，一起吃耳会失聪；番茄黄瓜、香蕉芋艿，一起吃会胃酸胀痛；胡萝卜白萝卜相冲，吃了肠子里全是气。

多少人试过？不得而知，但谁也不敢造次，说法一久，成为规矩，穷老百姓也爱小命一条。我上小学后，大姐下乡当知青；我上初中时，三哥四姐下乡当知青，二姐分配当小学教师，家里剩下五哥、我、父亲、母亲。父亲眼疾厉害，天色一暗，视力更差，得我做菜。那么多做菜规矩，有时我记不住。

有一次正值周六晚，母亲从造船厂回家休息。我用胡萝卜白萝卜炖排骨，果然萝卜与萝卜相混，汤少了只放一种萝卜的香甜。小碗里有拌排骨和萝卜的佐料——泡豇豆切碎，加了盐、酱油和油辣子。

父亲一向慈爱，不说好歹。母亲吃一口就搁了筷子，很生气地训斥我："告诉你这两种东西不能放在一起，把排骨都糟蹋了。耳朵喝西北风了，听不见？"

我没说什么，只是把头低下。

母亲非要我亲口认错，我就是不说。她说我鸭子死了嘴壳子硬，不认理。那晚母亲对我一直没好脸色。不过睡前，我听见她在自言自语："真是，头回吃六妹儿的菜，虽说那萝卜搁错了，汤倒也不难吃，那佐料弄得很新鲜。哎，她怎么跟我一样，天性儿欢喜做菜，搞不准她长大了可以做个呱呱叫的厨师，这也是条谋生的路。"她长叹一口气，倒头就睡。

我却睡不着，做厨师？很不了然。不过打那以后，每周末母亲回家来，都批评我做的菜："六妹儿，这个冬瓜豆筋棍怎么烧得寡淡了这么一点点儿？"

"妈妈，不要生气，一定是被厨房里的偷油婆先尝，掺水了。"我只得老实回答。

更多时候，哪怕母亲进门时再累再不开心，只要拿起饭碗，和我说做菜时，也会心平气和，显出不多见的耐心："做泡菜，要心诚，就会味好，而且不会生花。"

这一点，与周遭邻居所说不同。邻居都说，做泡菜筷子不能沾生水，更不能沾油腻，那样会生花会变味到臭。

母亲在生前未再向我提一句当厨师的话，她可能认为我实现了小时的梦想，成为一个作家，瞧不起厨师。

我呢，为写书和生存，一年比一年忙，忙得连自己的面目都模糊，一次也未告诉她，我偏爱美食成痴，进行种种尝试研究，胆大眼高，比如把胡萝卜白萝卜放在一起，切成丝，凉拌生吃，两种味仍可保留，相互辉映。

我成了一个美食狂。我忘了母亲早年心里的想法，也很少告诉母亲我的生活，一点儿也没提供给母亲多余的想象空间，甚至电视台到家里拍美食家纪录片节目时，都没有告诉她。母亲想起我时，恐怕都是过去日子的点滴。母亲当然记得小时候的我，难记得长大后匆匆忙忙见她的我。

我真是自私透顶。母亲是那么爱美食，若是我给她再做一次饭，让她再吃上一次我做的菜，她会多么快乐。母亲，原谅我，你会的，最好像我小时候一样，对我批评："六妹儿，这个冬瓜豆筋棍怎么烧得寡淡了这么一点点儿？"

"妈妈，不要生气，一定是被厨房里的偷油婆先尝，掺水了。"我只得老实回答。

别人的外婆

我的美食经历，有两条线：一条是从小的生活里，遇到美食高手；另外一条是长大后一个人在世界各地，因对食物的喜爱，乐此不疲地从数一数二的餐馆到苍蝇餐馆一一尝试，尽可能阅尽人间美食，而且身体力行，相遇各国美食高手，创造出自己的美食。

小时候，我遇到的美食高手之一，是我同街的邻居，我跟着她家的孩子叫她外婆。外婆姓什么，从未得知。我家和整条街都是工人阶级普通老百姓。她家的背景跟我家不一样，据说她是南岸曾家花园那片地区的地主婆。

外婆不住我们又破又烂的大院子，住在院子旁单独一幢有五六个正房带花园的房子。外婆有三个女儿：大女儿嫁给了银行家，女婿在解放之后捐出财产来，政府把他安排在食品公司当一个小头头，女儿仍留在银行做职员，两口子和外婆一起生活，儿孙成群；二女儿、三女儿都嫁给了解放军高级干部，有一个是部长级。外婆成分不好，但是女儿嫁给了高干，各次运动，斗得再火，谁也不敢到她门前造次。因这种半红半黑的身份，邻居们不爱跟他们家往来，离得远远的，外婆一家也分外小心。

我是个非婚生孩子，身边每个人都知道，现在想来外婆一家当然也知道，就我不知道这个秘密。周围人不理我，看不起我，拿脸色给我看，甚至谩骂或体罚我，我家里人对我也很冷淡。但外婆一家对我好，喜欢我。我年小不懂世事，老往他们家跑。他们家书特别多，可以随便读，有些书也可借走，读完后还了再借。外婆是个美食家，以前花钱请最好的厨师，解放后她就自己做。外婆是个小脚，可一点不影响她在厨房里做事。她手眼灵活，不像六十好几的人，长发盘起来，衣服总穿棉布的，老式的民国样子，看上去干净利落，又温柔恬静。

相比整条街的人而言，外婆一家吃得丰富，有肉有鱼，水果和蔬菜未断过。清晨常有人在外婆门前悄悄地搁一篓菜，也有搁鲜肉、香肠、腊肉的。那是外婆以前的佃农，有了新鲜蔬菜水果或杀了猪宰了羊，不忘来孝敬从前的东家。外婆的二女儿、三女儿也经常派人送食物来。每次看外婆做菜，我都觉得像看小人书里的神奇人物。

她做菜时，对着一竹篓菜，看来看去，然后择菜、洗菜、切菜。每道菜跟另一道菜搭配讲究，加什么调料也是井井有条。她会把同一种菜做出许多花样，还会让我尝菜。我爱问外婆，为什么烧肉要小火？为什么特辣的肉丝起锅时要加半勺糖？为什么外婆你做的菜这么好吃，看起来却没花多少功夫？

外婆说，做得好的人，你看不出她花了多少功夫，其实在于她的技术已炉火纯青。她说了好些做菜的方法，最后总结说："有两点做菜的秘诀，你一定要记住。第一点在于放盐，有的菜你需要之前放，有的菜得在中间放，有的菜在起锅的时候放，有的菜，做好之后再放。放多少盐也是一门学问，这点看似简单，但要做菜日久经验多了才明白。另一点是不要放味精，保持菜的香味鲜味。"

外婆还说："身体里没了饥饿感，心里才会饱满，想着活着的意义。"这是小姑娘的我听到的最早的高论。她是一个美食高手，也是一个生存高手。

在山城南岸野猫溪弹子石这么一个贫乏地区，外婆的存在，对我这样一个女孩子来说，影响是一生的，给我的生活带来了色彩和希望。外婆给予我的是人与人之间的平等和关爱。后来我离开了家乡，多年后再回去时，外婆一家已搬离原址。听人说外婆一直活到九十二岁才离世。

母亲告诉我做稀饭的秘诀

母亲也是一个美食高手。她做稀饭时头很低，她的头发很短，眼睛不是太好，整个身体凑近锅。她手里握着长木勺，不时搅动米粒。母亲转过脸来，总是有笑容。

二〇〇六年母亲去世，我回重庆给母亲办丧事。最后一日在重庆，毫无胃口。

姐姐问我想吃什么，我不假思索地说："冬苋菜稀饭。"说完便知是想念母亲。

那是母亲最喜欢的一种稀饭，稠稠的，带点糯。饥饿年出生的我，最怕吃稀饭，但母亲做的饭，怎么吃都觉得香。

印象中母亲做饭不多。我十八岁离家出走，有十年在路上，决心做一个孤心独胆女子。直到出国后，命运更加颠簸多劫，想到故土之根，才渐渐与母亲联系多了。一九九五年夏天我从英国回去看她，住的日子最久，足足有三个月。

记不得其他，只感觉那炎夏破天荒的热。家里仅客厅有台空调，卧室只好用电风扇。我怕热，正在修改长篇小说《饥饿的女儿》，就在客厅里工作。

每天我醒来，母亲已从街市买菜回来，在厨房做稀饭。四川人叫粥为稀饭，蒸得水干的饭叫干饭。母亲做稀饭会加青菜，每日不同，或加绿豆、红豆，也加过红薯、土豆，小火慢慢熬。她从客厅走到厨房，又从厨房走到客厅，看到我伏在电脑前工作，就一声不响地坐在我旁边，默默地择菜。

当时家里来了一个客人，很喜欢吃稀饭。母亲笑着说客人是渠县来的人。

客人不解。

母亲说："那是个穷地方，缺粮，就只能顿顿吃稀饭。"

我曾去过那个地方，一个人在渠江边静坐，江水泛着斑驳的阳光。跟长江一样，那时我对自己面前的路茫然失措。

那个夏天有好几日都是四十摄氏度高温。母亲做好了稀饭，端到客厅，降温。她夹出泡豇豆和胡萝卜，切碎，抖上红辣油。一家人围坐桌边，吃着饭，听母亲讲乡里旧事。

稀饭太好吃，我问母亲稀饭的秘诀，她想了想，说："料得新鲜，菜要嫩，用瓦罐和山泉水，最紧要是要有好心境。"

我点点头。我回到她身边，因为有我，她心境与以往不同。母亲其实也是在告诉我，我在她心里的位置。

母亲走后，我有了女儿。有一年春节我带着女儿回重庆，旧历初二时我们本打算去给她和父亲上坟，可是天公不作美，下起雨。我们只好打消了去全是泥泞小路的南山的念头。初四看到天晴，我连忙带着女儿出门，打了个出租就奔南山去。

上坟的人不多，倒是有卖菊花的小贩。我和女儿买了冥币、蜡烛、香和一束菊花就上山了。她比我爬得快。

我俩蹲在坟前烧纸，女儿居然给外婆外公唱起一首英文祝福歌，她一脸严肃，唱完，看着我。我亲亲她，再看看碑石上父母的照片。怎么看，都觉得父母的脸在满意地看着我，尤其是母亲，嘴角有了笑容。

当晚我做了一个梦，梦见母亲弯着腰在大厨房里做冬苋菜稀饭。她搅动锅里的米和菜，轻声说："哎，我的外孙女，今天爬山累了，多吃稀饭，会睡得实!"

女儿在她边上站着。我看着，心里暖暖的。窗外的鞭炮声一直在响，我不想醒来，生怕醒来就见不着母亲了。

团圆饭

母亲是亲的，父亲不是亲的，他从来与我有距离。他不在人世后，我才明白他给我的一切最无私。我生长在一个有六个孩子的家里，我是最小的一个。家里哥嫂、姐姐、姐夫还有他们的孩子全部加起来，有二十多口人，所有人一起过节几乎没有过。一九九一年我到了国外，一家人团聚吃年夜饭，就更是没有了。

如今年夜饭通常在北京，丈夫、女儿，还有我一帮不回老家过年的朋友。照例下厨的是我。从五岁时在重庆的家里做年夜饭给母亲打下手到现在，每做年夜饭，我都会想到母亲。

写这篇文章时我正在准备年夜团圆饭，用盐、花椒和酒风干一只鸭子，把它挂在阳台上，等风来，到做年夜饭时，稍稍风干的鸭子就可以蒸了。切好上桌，是一种少有的美味，与香港那些小店铺里卖的风干鸭子不同，更四川，更家常。

母亲说，年夜饭是团圆，不必铺张浪费，故不会做一大桌子。即便是后来生活好了，也不会这么做，吃不完，倒掉，老天会不容人糟蹋食物。不过，有两个菜不能少：香肠和腊肉。在我的记忆里，年夜饭的香肠和腊肉，都是母亲亲手做的，用松木枝熏烤，悬挂起来，煮熟后，切薄片，奇香无比。没这两样菜，一桌子菜怎么看，都会觉得少点什么，不完整。

重庆周边大小地方，过年吃整鸡整鸭整鱼，以有头有尾为吉利。过年前，除了腌制香肠和腊肉，还自己酿米酒，拌馅，包汤圆。放点肉在汤圆里，有甜有咸。我特别喜欢咸肉丁汤圆，记忆中母亲做过一次，还在亲戚家吃过一次。成年后，在餐馆里吃过一次，觉得不如小时吃到的两次好。一是那时原材料好，现在的猪肉就不如那时好吃。二是那时缺吃，吃任何东西都觉得好吃，一根棒棒糖、一块小兔子奶糖，那滋味真是特别。年夜菜一般有香菇菜心(寓意亲情浓郁)、香桂烤鱼(寓意年年有余)、酒酿汤圆(寓意全家团圆)、毛血旺(寓意来年兴旺)，有时也会有长白菜。锅里盛满水，取整鸡一只放入，加猪头或猪耳、牛尾等肉类熬汤辅料，汤浓时放入白菜、青蒜苗等形状长的蔬菜，以及各种香料，熬至菜熟透为止。与平常不一样的是，放进去的所有蔬菜都不切断，以表长寿之意。这道菜不做则已，一做就要吃上数天。

我做的年夜饭，则会有孩子喜欢的日式海苔饭团和鸡蛋海鲜饼。记得成家之前，常在外面跑，习惯了一个人的年夜饭。但我会像母亲过去那样，吃饭前在桌上多摆一些碗筷，倒上酒，叫上已故的亲人，“爷爷来吃饭喽”，“外婆吃饭”……现在我成家了，父亲母亲已去世，吃年夜饭时，我也给他们摆上碗筷。等他们先吃，我和家人坐在一边看着，心里想着他们真的坐在那里吃着饭。

这样想的时候，就觉得一家人团圆了。

汤圆是甜的

我做菜尝菜时，经常想起幼时饥饿的事来。我的自传体小说《饥饿的女儿》里记载了一次年夜饭，那时我在上小学，冷心冷肠的天气，一家子围坐在家中的小煤球炉子旁吃火锅。那时候家里穷，火锅的汤是煮香肠的水。父亲说菜没了，让四妹去洗菠菜来烫。四姐说让幺妹去。母亲同意，叫我去。她叫我洗菜时不要多用水，但要专心。我答应着，拿了理好的菠菜去天井，在大厨房淘洗。我那时候心思很重，一边洗，一边回忆这一年谁对我不好，想着我要是回去晚了就没香肠了，飞快地洗了拿回去。

大姐烫了一筷子菠菜，吃在嘴里，立刻吐在碗里，连声叫："有沙！"

三哥站起来说："去，重洗。"

大姐问："你是不是说话了？"

我摇摇头。

“肯定说了，”四姐嘴里有菜，含含糊糊地说：“她经常一个人对着墙壁说话。”

母亲说：“难怪你洗的菠菜不干净。”

我一时未回过神来，他们一齐大笑起来。我反应过来，说：“我真的没说话，连跟自己也没说话。”他们笑得更厉害了。

我火了，把刚端在手里的饭碗往地上一搁，对母亲说：“我不吃饭了。”腾地就冲出房间。

“人这么小，脾气倒还不小。”听不出是谁的声音在我身后响起。堂屋里没灯，没有一个人跟来。

我出了院门，穿得少，外面冷极。院门外的路灯被人用橡皮弓弹灭了，一片漆黑。对面朝天门码头的港口客运站大楼上大标语在闪烁，似乎听得见隔岸稀疏的鞭炮声。我一路往公共厕所走去，那个地方可避风寒，这个除夕夜不会有人。

到天亮，家里人才找到我。他们找了一夜，上上下下几条街。谁也没想到我会在厕所里。

当然，那只是一次特殊的记忆。

其实，一家子围坐在小铁皮炉边无论吃什么，年夜饭都是温暖的。记得年夜饭时家里有荣幸得到等待的只有一人，那就是大姐。大姐还没从乡下回来，母亲脸上没有笑容，她会走到堂屋，甚至到院门外看。

我想要母亲高兴。只要母亲高兴，父亲就高兴，这个年才过得高兴。

吃团圆饭前，总要打扫楼下房间和阁楼的尘埃，用父亲看过的旧报纸重新糊屋顶和墙壁。桌椅都要搬到天井去，用洗衣服的水洗净，再擦干搬回来。公用厨房里有大小不一的袋子，里面装着做汤圆用的糯米粉，挂在高处，因为滴水，下面接着盆子。由于彼此不放心，到除夕这天必然移回各自家中。这天父亲会从袋子里取出些糯米粉来，然后拌馅、包汤圆，一部分为初一早晨吃，一部分得先在除夕做油炸汤圆——家里的传统，用来祭奠祖先。

父亲说一口浙江话，与母亲低声说着自己不在人世的家人。我们几个孩子都不敢出声。房间里那扇小窗透进月光，邻居们在各自庆贺新年，有放鞭炮的，有欢唱的，也有吵架的，小孩啼哭不休。

母亲这天说得最多的人是外婆，讲外婆怎么得病，被舅舅们从乡下送到城里这间房子，没钱坐船，走山路要五六天，可是舅舅们连更连夜不睡觉地赶，两天两夜就走到了。他们到重庆时，一身衣服没一处是干的。

流寓国外那些年，年夜饭时，我说得最多的是我母亲，母亲当年怎么抵抗包办婚姻，从忠县农村逃到重庆城里。讲我十八岁知道身世，离家出走。讲母亲为我们这些儿女做的布鞋，多么好看。讲母亲退休后，每天想方设法做不同的菜，却得不到我的青睐。说着说着我就哭，想念母亲。我在除夕做汤圆，是不想把那个曾经让我存活下来的家从心里移去。

如今父亲走了，母亲也走了，那个听我说从前的、与我生命相连的人连挥挥手也不曾有，也走了。那次年夜饭，我是一个人。就是一个人，我也会和粉拌馅，做一碗晶亮剔透的汤圆，对着一轮明月吃起来。

汤圆是甜的，月亮是残的，你不得不信，人心是会变的，变阴晴变圆缺都由不得你。周遭节日的气氛，会一寸寸浸透开来，嘲笑孤独者的魂。

年夜饭的目的

人做很多事情都是在给自己找借口，年夜饭又何尝不是借口？一家人一年来为生存各自奔波在外，到年关了总要团圆一下，凑在一起吃个饭，聊聊天，分外亲热。

但也并不都这样，见过一些人吃年夜饭，吃着吃着，一句话不和就打起来。年夜饭好像也是清算饭。这样的家庭是不幸的。

我家里，大姐的脾气火暴，会在年夜饭的饭桌上大发雷霆。她对鸡毛蒜皮的事在乎，压抑了一年，在这天爆发。说出来是好事情，说出来了，就好了。来年，我们还是亲兄弟，亲姐妹。

我对母亲心怀愧疚。年少时没像大姐那样做，成年后没回家吃年夜饭，也没机会那样“爆发情感”。母亲去世后，我才重新看自己与她的关系。除了我们彼此深藏不露的爱，我很少向她展露我的痛苦，她也一样。其余种种事也几乎同出一辙。在过去的二十年里，我都没向她展现过我的厨艺。我与她聚少离多，每回在一起，要么是带她去我认可的好餐馆，要么是姐姐、哥哥把菜准备好了，我不必下厨。母亲也未再向我要求过。我一直想和母亲一起研究美食，一直以为有机会，有机会，谁知道就这样没机会了。再也无法弥补回来。

有了孩子后，我的人生观、世界观都有了改变，我更能理解家的含义，年夜饭的含义。孩子让我开始爱这个世界。

说到这里，又要过年了，记得以前一家人在一起吃饭时，母亲总会跟我们说故事，现在吃饭时，轮到我给孩子说故事了。这时我作家的身份一下重了，讲了故事，吃完饭，收拾完桌子，就在一家子睡觉时，我坐在桌前，开始工作。

心里的圣诞树

好多年都在北京过圣诞节。回想过去，在其他国家，形式上也会过节，但其实那时候是害怕过圣诞节的，节日时的孤独感胜过平时。别人家都一家团聚，有火鸡吃，有欢乐和笑声，而在我家里，最多就是一棵小圣诞树。

如果心里没有那棵圣诞树，那么圣诞节就是不存在的，哪怕你准备得再多。

不过节时，人们无所谓家不家，过节时，再自由自在的人也会想家。节日时我会问自己，我的家在哪里？为何我总是这样孤独？过去这些年我一直在漂泊，不论身在哪里，总是有孤独感。直到女儿出生，我才有了家的感觉。现在对我来说，女儿在哪儿，我的家就在哪儿。而在过去，母亲在哪儿，家就在哪儿。不过，我一直在外，离开母亲太久了。

有一年在慕尼黑过圣诞节，那是我生命中的一道分界线。我一个人住在城里一间小房子里，写东西。家人都不知我在哪里，他们也不想知道。我知道那个家四分五裂，马上就会消失。我害怕，就逃得远远的。

圣诞来临，漫天大雪。在我的长篇小说《好儿女花》中，我是这样写的：

临近圣诞节，慕尼黑街上火树银花，充满节日气氛。雪下得很大，我到住处附近的土耳其人开的小店里买牛奶面包，看着路人冒着雪花买圣诞礼物回家。我的家在哪里？我一直都是一个没有家的人，一直以为有丈夫的那个屋檐是自己的家，哪怕他的家的根已腐坏，我也当成一个家。事实上，好些年我都是客居四海，孤单一人，没人安慰，没人同情。

…………

电话到手上，我拨了家中号码，听到了母亲的声音，我却说，“妈妈，我很好，和很多人在一起，我们会吃火鸡布丁，唱歌跳舞。新年时会放烟火。”

是的，我又一次与母亲错过心灵沟通的机会，我真想听到她对我说，“六妹呀，不要怕，太阳走，月亮出，月亮走，太阳出。”自然，我也错过与她在一起的机会。

记忆对我来说，是不会随着时间流逝而消失的，新的生活不是为了磨灭旧的记忆而来，而是为了让记忆变色，要么更深邃，要么更淡然。

过圣诞节时，与亲人在一起，让我们对生命更珍惜，也会更在意亲人的存在。我会做栗子水果火腿烤火鸡，也会给孩子讲圣诞的故事，读《圣经》，重点不在于让她了解基督的起源，而是让她知道什么是美的，什么是善的，什么是原罪，尽可能给她一个美好的童年。

好菜与柔软心肠

有眼疾的父亲做得一手好菜，他的美食段位比母亲高：一个江浙人，做四川泡菜，让四川人都自叹不如；做腌笃鲜，整个院子都是肉和笋香；做江浙风味红烧肉，锅边上围好多取经的邻居。那些美味，让我现在一想起就流口水。

家里姐夫个个都会做菜，没有差给姐姐们。印象中二姐夫本来不会做，后来二姐得了支气管炎，他学着做，不到半年，就超过了二姐。倒是两个哥哥被父亲惯了，只赶得上姐夫们的脚趾。我从不认为做家务有男女之分，在我生长的环境里，谁做得好就是谁做，谁做了，在家里就不会少了话语权。

我长到五六岁时，父亲眼睛就看不到了，姐姐们上山下乡，母亲又不在家，和灶台齐高的我，就得做饭。到十一二岁时，做饭更是常事。

现在做饭方便，有天然气，只要会打开会关上，知道大火转小火就行。我小时候是烧煤炭，有时家里来客人，会到边上的公用木柴灶做菜。

要确认做什么菜，量多少，盐多少，到底有几个人吃，喜欢吃什么口味。小小年纪的我，知道母亲喜欢辣，父亲不能吃辣，最好就是不放辣椒，把油辣子放在小碗里，让母亲自己拌着吃，这样父亲就也能吃了。

邻居看到我在做菜，就对我说，一定要等到菜油在锅里冒烟才能倒菜，倒油前一定要等到锅里的水干掉才行，不然油星会溅得到处皆是，还会烫着，油还会少。那年月，菜籽油像黄金一样金贵。一次生，二次熟，时间一长，就自然而然，成为家里做饭的人。回想起来，那一段时间给我阴郁的童年，无疑增添了几丝愉悦。

大厨房里各家巧妇没有好肉，却尽其所能，把蔬菜做出多种花样来：夏天多是做凉拌，冬天喜欢做汤。蔬菜得凭票购买，连空心菜的根也稀罕，不会扔掉，用手撕成一条条，加点盐，本来不好吃的菜根变嫩了，或炒或拌都好。

开始随心所欲做菜是在二十世纪八十年代后期。流浪在路上，偶遇家境好的朋友，有好肉好料，我会细心而迅速地做出一桌美味来。朋友们常问，做好菜是天生的还是后天学的，秘密是什么？

我大都一笑。

我做菜，脑子里有千山万水，吃过的，见过的，全在变化，闭目一思，就可做出一道以前从未做过的菜来。天生饥饿，后天更饥饿，对食物的爱，对人的爱，即便我是一副铁石心肠，也会在一刹那变得柔软。

成为作家后，厨房就和书房一样重要。

不写长篇小说时，常有朋友来家吃饭，老朋友让我放松，新朋友让我兴奋，也紧张。不知他是否有忌口，尤其是西方人，要么不能吃大蒜，要么不能吃干果，要么不能吃长翅膀的东西，要么干脆是素食主义。

这种时候菜就做得格外小心。做海鲜沙拉时，把海鲜与蔬菜分开放，松子搁在小盘里，等客人来，问清楚了，再放不迟。

孔子曰：食不厌精，脍不厌细。割不正，不食。写作未尝不是同样道理。我写作时，经常是一个人吃饭，照旧做一荤一素一汤，丝毫不含糊。为什么呢？吃差了，肚子就不高兴，肚子闹别扭，头脑就糊涂，写出来的东西必然是垃圾。

挑剔的我，若吃不好一顿饭，绝不提笔，由此，我的小说和诗幸运地与垃圾隔了十万八千里。

童年佳肴

父亲与我无血缘，但我直到十八岁才知道。每当临近清明节，父亲都会做清明粑。每年一开春，我就眼巴巴等着和父亲一起上山。

据说我学着走路是一岁多，两岁不必大人扶，自个儿走，三岁就跟父亲上山。坡弯弯曲曲，不算太陡，沿途开有野花，五颜六色，晃着眼香。最喜欢豌豆胡豆花，嫩粉嫩白，女孩子的花。

四五岁后，慢慢走，父亲不必时时背我，他不放心，就跟在我身后。站在家门前，抬头可见南山，与黄山连绵，奇异挺拔，酷似骆驼、孔雀、大象，山前临江，山后有山，云雾缭绕，怪是神秘。看似近，真要爬上山顶，却要花两个小时。

父亲在家很少说话，到了山上，他也是一句顶一句，实打实。坡上潮湿地方生有一种草本细叶，周身白毛茸茸，父亲蹲下摘一瓣，放在我手心里，说：“灾荒年没吃的，都吃它，后来连它都没得吃，就吃它的根。”我打破砂锅问到底。父亲说在浙江老家叫锦菜或米菜，四川人叫清明菜。这么多名字，我记不住，但是记住了父亲说话时的神情，仿佛久远的过去拉着他的脑袋。

父亲吩咐我摘尖儿，留住根，明年还能摘。清明一刻最嫩，之前虽嫩但香气稍弱，之后显老，端午节一过，便老得不能吃了。

摘够满满一网篓，父亲下山前用溪水洗净，回家再用水清洗一遍。切碎，晾在竹箕里，准备和面。通常是面粉，偶尔用糯米粉。揉均匀，加入清明菜，放盐或糖，拍成巴掌那么大，薄薄的，一个接一个，贴在铁锅周围，锅底放半木勺水，盖上锅盖焖。十分钟后，揭锅盖，锅底还残留滚烫热水，顺时针转，一直到个个粑透黄，用锅铲翻个儿，两面黄就起锅了。蘸些白糖吃在嘴里有嚼劲，酥软软甜蜜蜜，香气妩媚，胃口大开。

上初中时，父亲眼盲厉害，夜里照样啥也看不见，白天视觉更差，不可能到山上摘清明菜。

我那时各种书都乱看，看到清明粑居然是父亲老家浙南的传统佳肴，历史久远，溯至晋文公火烧介子推。清明菜，学名叫鼠曲草，据说也叫艾草。有一天我问父亲哪一种叫法对，父亲说同样名字但不是同一种艾草，端午节的艾草可以驱逐蚊虫，熬水洗澡可少长疔疮。

“那下一年我们做清明粑，可不可以放鲜笋芥菜肉丁？”我问父亲。

父亲没有回答。

边上邻居马妈搭讪：“鲜笋芥菜肉丁？痴人说梦了你？美滋了，没天没地？”

经她这一顿抢白，我脸红了。买肉凭票，大清早排长队还可能买不着肉，就是节省了票，有肉，可到哪里去弄鲜笋芥菜？巧妇难为无米之炊，真是笑话。

回想父亲一年年做的清明粑，大都是甜的，偶尔咸，撒点花椒粉。他专心致志切菜和面，埋头在灶前转动铁锅烙粑，与邻居们八卦做菜嬉笑怒骂截然不同。

父亲嗜好叶子烟和沱茶，饭量不多，从不挑嘴。有一次，下乡当知青的大姐回城，在阁楼里看厚厚的《红楼梦》。我也趁空看，边看边抄在小本子上。书里有个丫头叫晴雯，盛了一碗火腿鲜笋汤，端放在宝玉跟前，宝玉便就桌上喝了一口，说：“好烫！”另一丫头袭人笑道：“菩萨，能几日不见荤，馋的这样起来。”一面说，一面忙端起轻轻用口吹。她教一旁的人学着服侍宝玉，别一味呆憨呆睡。口儿轻些，别吹上唾沫星儿。

大姐认为书里的汤肯定好喝。我年纪太小，不太看得懂小说，倒是对里面的吃感兴趣。我到走廊前，对着栏杆下堂屋抽叶子烟的父亲说："爸爸，过年时咱们家做的咸肉和鲜肉汤，是不是就是《红楼梦》里宝玉喝的汤？"

父亲像是没听见一样，继续抽叶子烟。大姐从阁楼里一步跨出，快人快语，得意地说："那是爸爸的浙江家乡菜，腌笃鲜，若是用金华或宣威的火腿，味才好。爸爸以前走船时买回来我吃过，爸爸还用来做过清明菜滋饭。"

我问她怎么做。

大姐卖着关子："你得请我，我才说。"

我便请她说。

她看了我半晌，才说："谁也不会告诉你，只有我。用清明菜和糯米，菜少一点，米多一些，放盐、葱花和猪油。菜切碎，米淘净。油锅烧热后，下火腿和清明菜炒，撒盐炒出味儿来，加适量水，放糯米拌匀，盖好锅盖，文火煮熟。出锅前放葱花，就是一顿香喷喷的饭菜。"

大姐说得我馋极，口水都快流下。

大姐一向会说不会做，一上灶，再好的东西一经她手都变难吃。我羡慕她能吃到父亲做的清明菜滋饭，尤其是父亲再也不做清明菜后，我也没有再吃过这种粑。问过家人，都说很难在重庆的山上找到清明菜。一些野菜成为佳肴，有人养，能卖出好价钱，比如马齿苋、折耳根，在北京三源里菜市场就可以购到，而清明菜几乎绝迹了。

如今父亲与我生死两隔，葬在南山。每每想起父亲，差不多都是给我做小棒，做算盘，给我穿衣的事。他把斗笠递给我，说天要下雨。他摸着黑走路，扶着楼梯上阁楼，那扶着墙的手哆嗦着向前，试探性地摸着，稳妥后，才再向前一步。他能很远就知道我回家，不说话，当我近了，叫他时，他只是笑笑。好多小时的情景，像一帧帧发黄的黑白相片来回重叠，却忘了清明粑。

细雨纷纷，去山上的路全是行人。我走在其中，看见父亲在前面，我叫他停下。可是父亲不应，继续走。我茫然失措，回到家里，惊喜地发现父亲在大厨房里。他专心致志地转动铁锅，做清明粑，我便站在灶前，望着。父亲把做好的清明粑放在扁平碗里。我脚跟脚随他回到屋里，父亲说："等妈妈回家再吃。"可我两眼还是盯着碗里。他看看我，拿起一个清明粑，分了一半，蘸少许白糖，递给我。我狼吞虎咽，最后把大拇指食指舔了又舔。父亲问我："好吃，还想要？"我点点头。父亲把另一半拿在手里，蘸了白糖，又递给我。我高兴地吃起来。吃着吃着，我醒了。原来我做了一个梦。

父亲过世前，好些年绝口不提清明粑。那时江边或山上很少有这种野菜。对父亲这个一生都只能在异乡生活的人来说，清明粑就是家乡。清明粑连着父亲，我一日比一日思念他。都说梦是阴阳两界传递信息之地，想来不无道理。

○ 装点家的最好方式是爱上一草一木

○ 做菜时喜欢放几个佛手 ○ 伦敦早市一景

○ 虹影在伦敦姐姐家的菜园里

○ 随身携带柠檬和辣椒

第二辑

转来转去吃人间美味

罗宋汤呀罗宋汤

对西餐最早的印象是在重庆，和一帮朋友去解放碑的心心咖啡馆。母亲说这是抗战时孔二小姐经常光顾的地方。母亲的第一个丈夫袍哥头子也在这儿显派，前呼后拥，招摇过市。母亲提起这个地方，脸上表情很复杂。大姐告诉我，母亲那时到心心咖啡馆吃饭，忘记带钱也一样可以走，因为那些人认得袍哥头子。

我吃过的餐馆，差的好的都不会忘，中不拉儿的，就当没去过。心心咖啡馆的罗宋汤和牛排做得不差，都说那厨师的父亲当年就是给孔二小姐做罗宋汤的，这道汤让我对西餐产生了兴趣。

八十年代在北京，有朋友请我到当时北京有名的莫斯科餐厅吃饭，那道罗宋汤让我倒胃口，西红柿放得太晚，土豆也炖得不烂，奶油似有怪味，我尝了一口，就想吐。看看朋友关注的脸，止住了，抱歉地说自己身体有些不适。想想八十年代的北京，别说西餐不对劲，中餐也没什么地道的，那时若想在京城吃上顿舒服的饭菜，选涮羊肉和烤鸭绝对不会错。

九十年代初从俄罗斯转飞机去英国，我肚子饿极，看见一家日本餐馆，进去要了一碗面。本来狼吞虎咽，突然闻到空气里有股鲜美之香，抬头四下望去，原来是一家俄国餐馆，没错，就是罗宋汤的味道。面条在我嘴里顿时变得如同麻绳，后悔走错了门。付了账单，我走过去隔着玻璃窗一瞧，真是一家不错的店，汤是汤，肉是肉，而且服务员都是俄罗斯超级美妇人，挺着大乳房，头上系了头巾，热情地招待客人。

在伦敦有一位美厨娘兼好作家黄宝莲，我上她家吃过好多次西餐，但真正征服我的是她做的罗宋汤。她在厨房里如蜻蜓点水，一会儿拿出胡萝卜，一会儿拿出牛肉。她的西红柿又红又大。其间我们说着读过的一本书，回忆认识的一个人，在遥远的东方，那个叫南丫岛的地方，那人在自家门前一棵树上结束了自己年轻的生命。她写过这个旧邻居的故事，那是小说，是艺术，在活生生的现实里绘声绘色讲这个敢决定自己命运的人时，我发现死也有其自身的美，这个人其实又精彩地活了一次。

我喜欢她，爱屋及乌，我也喜欢南丫岛，喜欢她的家。那天她在厨房里做罗宋汤，别的客人陆续来了，她点上灯，划了火柴点上蜡烛，音乐也从角落升起。

我们一一落座，喝着罗宋汤时，夜色呈现出深紫色。伦敦，神秘的伦敦，第一次向我露出她可爱的面孔。

我在很长一段时间里不敢做罗宋汤，拒绝想它，情愿喝鸡汤、奶油南瓜汤、蔬菜汤、蘑菇汤、咖喱青瓜汤，就是绕开罗宋汤，仿佛思念一个爱人，到了极致。

有好几次上街，眼睛都盯上做罗宋汤的料，不假思索地买回了家，但又放弃做它。

牛肉该是不肥不瘦、一斤左右，土豆、胡萝卜、西红柿、芹菜切成丁，加洋白菜、白胡椒粒、盐，还有糖。这是一道口味宜重的汤，盐和糖要多一点，盐可提鲜，糖可盖住酸味。盐和糖加时要小心，时不时地尝一下，以掌握分寸。上桌前再浇上些许酸奶油。

一直到久违的好友自远方来，她有些感冒，我问她："你想吃什么？"

她摇摇头，然后说吃什么都没有胃口。她脸色苍白地坐在沙发上，看着窗外的树叶，突然说："我好想吃一种东西。"

"什么东西？"我好奇地问。

"可是你未必能做得出来。"她说，"罗宋汤呀罗宋汤，我真想上海红房子的罗宋汤。"

我让她等等。家里一直都备有做这道菜的料，但嫌光是牛肉不能做出我想要的那种味。于是上街买了牛尾来制作底汤。开了一罐西红柿酱，那红色和酸味比新鲜西红柿浓烈，又加了一点儿新鲜西红柿粒，加了香叶、红菜头、香笋粒和小红洋葱粒，再加上大蒜，先把它们油炒，油温要适中，太高容易破坏西红柿酱的酸度，要炒透，炒透了汤色才会好看，最后削几片柠檬皮放入。

厨房里什么声音都没有，非常安静，我听得见自己的心跳。把盛汤的盘子从柜子里找出，洗好擦净，一勺勺把汤盛入。然后端上桌，盖上盖。再放上黑麦面包。

然后，我请好友到餐桌前坐下。我揭开盖子，她看了看盘子，又看了看我，低下头去，吸了一口气，用勺子盛了一口放入嘴里。之后她再也没有看我，一直到把那盘汤扫荡干净，用面包擦净盘底，那姿势既淑女又刁钻，非常妖娆。突然，她笑了起来。我认识她十一年，从未看见她那样开心地笑过。

“你得教我做这罗宋汤，”她说，“比上海红房子的还好吃，多一些味道，告诉我。”

“这是秘密，概不外传。”我说。

我开始吃罗宋汤，和我想要的效果一样，牛肉不烂，香味和蒜味浓郁。可怜的好友，她永远不知道这是我第一次做这道汤，除非她碰巧读到这篇文章。

转来转去吃人间美味

有一年圣诞节后，美国朋友约翰和妻子伊莎贝拉来看我们，带来一本他朋友写的长篇小说。我花了一天时间看完，说的是纽约一对学者夫妇请客吃饭的长长短短的故事，他们转来转去吃饭，有趣生动，通过请客吃饭把好些中国人在国外的境遇呈现出来，难怪夏志清老先生会给他写序。其中有一章提到约翰，因为珠宝商的岳父喜欢这女婿，便把家业传给了他。

当然这是小说，小说就是杜撰。现实里，约翰是个学者，他的法国妻子伊莎贝拉做得一手好菜，尤其是会在圣诞夜做火鸡、鸭子、鸡重叠的三鸡菜，她这美食家倒是名符其实。

我吃过N次伊莎贝拉的菜，厨艺当属京城西人中的高手。

抱着希望去他家吃饭，基本没失望过。芦笋汤，是用骨头汤作底，不用清水，上桌时加奶油。一种法国才有的羊胎菇，切得碎碎的，撒在汤面上，既好看，又好吃。我一般不去窥视人家的厨房，因为毫无兴趣。但伊莎贝拉的汤如此香，引发了我的好奇心。一般好厨师都不喜欢被看，她却很大方，默许不说，还拿出一厚本法国烹调书来，给我一一介绍。

不懂法文，但有图片，不碍事。许多经典法国菜和意大利菜，甚至中国菜的做法都类似。她准备烤的羊排，先用盐和胡椒抹羊排，大蒜片夹在肉中间，用线将羊排联结，竖起来放成拱形。烤好后，把煮好的意大利米饭置于拱形中。一尝，羊排嫩又香酥，米饭软，超级好吃。

几天后，伊莎贝拉来我家，吃过我的小金瓜汤、鳕鱼、西红柿虾、咖喱鸡块和墨西哥米饭后，点评说我的菜不是按菜谱做的，而她的菜是按菜谱做的，不太灵活。

我说："你做的羊排就不是，菜谱上没有米饭，你自己创新了。"

我请他们两口子吃饭都是做西菜或泰国菜，没有做过家乡菜。相谈甚欢时，我说："下次做四川菜，请你们。"他们非常高兴。

我很少给西方朋友做家乡菜。有人说，虹影能做西菜，未必能做好川菜。说这话的人没动脑子。我是吃川菜长大的，做川菜轻车熟路。川菜，对我是回忆，尤其是和不在人世的父母相关，痛苦多，弄得自己伤生忧世。情绪控制能力一年年增强，做菜时可想些无关紧要之事。

过瘾的川菜是乡下菜，料新鲜，味醇正。胎中受饿，小时受饿，我梦里出现食物次数比别人多。梦还常常重复，大都是历年吃过的好东西，绝不漏过乡下菜。

十四五岁时，我一人坐长途汽车去宣汉，又走山路到清溪镇看四姐。知青半夜偷农民家的鸡，清理完毕，用树叶子燎烧嫩毛去腥，砍成小块，将鸡油和鸡块一起爆炒，加水，摘一片肉桂叶子或扔两枝茴香，加一把盐，烧一个小时就满屋喷香。那鸡是家养，狗咀嚼骨头都会放慢速度，恋着吃，知道吃完，此生难有。

十八岁出远门，在全国无目的乱跑，曾歇脚在渠县一个写诗的朋友家。两间平房，父母在煤矿做工，平日就她和妹妹两人。屋后有一块自留地，种了些蔬菜。做晚饭时，天已暗黑，她带我去扯了一把大白菜，在井边洗干净，柴火烧红了大铁锅，倒入菜油，放一勺盐，把菜倒入冒青烟的油锅里。白菜本来张牙舞爪，结果三下五除二就乖顺了。吃起来，比肉还意味深长。

二十来岁时和几个诗人一起到川西金沙江，寨子里有个小旅馆，做了一道过桥鸡。一大盆青红辣椒粒和花椒油调料，鸡在汤里煮熟后，捞起，撕成一块块，吃时放入调料盆里浸泡半分钟，比一向红火的火锅和水煮鱼强百倍。

三峡深山中一小餐馆，只卖肉丝和米饭。先是听人说过，后来和一个朋友专程找去。走了很久的山路，小餐馆在一个临河的小镇子里，只有两张桌子，位子得先订，一桌一锅，人再多也只是一锅。切肉如丝，大铁锅倒入肉丝后，用斗笠盖上，往上浇一大木勺冷水。起锅后，这肉丝根根如蛇在动弹，放入嘴里疑是仙境之物，就是即刻死也值。

重庆八一路的老四川，那灯影牛肉、白汁牛肚、枸杞牛尾汤、沙参牛鞭汤、清炖牛肉汤，也在我的梦中占有一席之地。不过最不能忘的是那竹笼中的粉蒸牛肉，几条街都闻得见那香，一闻见饥肠就咕咕叫，饿得直想奔过去，抓一笼过来，不顾烫热，就伸手抓来吃。

四川人初一、十五打牙祭的当家菜回锅肉，也该是四川菜的无冕之王。据说源于民间祭祀，四川人天生嗜吃，重实际，敬鬼神、祭祖宗的祭品之一熟猪肉，扔之可惜，把熟猪肉回锅，加以调料，当佳肴。

在四川，人人能做回锅肉，做得都不会比外地大厨差。清末成都的一位翰林，宦途失意隐居在家，潜心烹饪。他做回锅肉，先水煮十分钟，捞出，蒸熟后再炒，保持肉质浓郁鲜香，曾名噪一时。从小邻居少用此法，我母亲也不这么做，为的是煮肉的汤，那是稀罕，得派上用场——或放西红柿或放青菜头，做出一锅好汤，就着泡菜或咸菜，就是过节一般。回锅肉配料里泡姜胜过生姜，蒜苗胜过蒜苔，豆腐干胜过红薯粉，辣青椒胜过肉椒，郫县豆瓣胜过永川豆豉。

在伦敦数年，少不了在家里请客，朋友都要求我做回锅肉。我当然从命。不过英国的猪肉不好吃，如同美国的猪肉一样，不香，有股草味。那就先酒腌，多搁泡姜。

在超市或小肉店里，二刀肉不好找，五花肉倒是容易找到，而且便宜。放在蒸笼里蒸熟，热的时候烫手，下刀难以均匀，稍冷了再切，肥瘦易断。我把肉放在冷水里浸一浸，若是急，就放到急冻室里两三分钟，趁外冷内热时下刀，就非常好切。记得小时候家家户户做这道菜时，孩子围在菜板周围，想母亲赏一小块肉——没人不喜欢菜板肉。

食材预备好，中火，倒一些菜油，下郫县豆瓣、姜、蒜，混合熬炒，再下肉，让豆瓣色泽和味道深入肉中。肉片熬制成一个一个灯盏窝，放豆腐干、蒜苗、甜酱、酱油少许。入盘后最好等到其他菜都做好，那时回锅肉已冷，再回一道锅，来回翻炒，肉香到脑子受不了时起锅。这道菜至此才算真正完成。

窗外狂风吹拂着松树，哗哗作响。和至爱亲朋，在温馨的灯光下围坐，放一盘巴赫的CD，捧着一碗白米饭，安心地品尝这人间美味。人称到四川没吃回锅肉，就等于没到过四川。那么人远在天涯海角，因为有了这回锅肉，就像回到家乡一样。

哦，我不止一次感叹，没吃过我做的回锅肉的人，若突然甩手离世，我会为他万分遗憾。

嫁谁都可以，只要我能活下去

我生在菊盛开之时。都说日本京都的菊一向脱俗，美不堪言，二〇〇六年母亲过世，我睡眠甚差，买了机票背了挎包就去。

两个半小时就到了京都。在京都我看不到菊，整个金阁寺也只有红枫映着一池湖水，正逢周末，日本人携家带口统统出门来，成了人看人。

无意间去了一家餐馆，坐下来就发现来对了地方。前后十几样菜上来。那生鱼片又肥又新鲜，汤特别清淡，紫菜很香。尤其是窗外正下着雨，雨水打在青石板上，声音比乐曲还动听。窗外正对着一条小溪，树叶泛红，溪边草花颜色转入浓秋，掉了好些在水面上。吃累了，抬起眼来，看着这景致，以为在做梦。

桂离宫人也不见少，这座十七世纪初花了三十五年建造的皇族别墅，仍是当年的结构，环游式的庭园及茶室，壁画里有菊之影，过道插花里有菊，但也只是蜻蜓点水。

离开桂离宫，走着走着，雨突然细密起来，便叫了出租车回旅馆。车子在蚂蚁似的人丛中穿行，拐进一小街，突见小店门口种了好些菊，绿绿黄黄，高高矮矮，迎着我笑。我好高兴，想停下拍照。司机不理会我，继续朝前开。

最后停在一个房间前，原来就是我住的清水小宿。我脱鞋进屋，发现干净的走廊瓦缸里就插着好些悠香的菊花，有紫有白，清香怡人。昨夜竟未注意。也可能是今天才有，因为我的虔诚？

旅馆女主人五十六岁，看似四十来岁，穿着和服，步履如年轻女子一样轻盈。二战时东京挨炸，女主人跟着父母到了京都。她对京都了如指掌，办公室兼接待室的书桌上什么书都有，和英国家庭旅馆一样，一个长笔记本记载住宿过的客人姓名、地址、电子邮箱。一张小桌上摆有一张身着和服的女人照片，边上有菊。我问她："这是谁？好美。"

旅馆女主人说照片里是她的母亲。当时她被丈夫抛弃后，马上跟了一个屠夫，母亲骂她不争气，她对母亲说："妈妈，嫁谁都可以，只要我能活下去。"屠夫死了，留下够她下半生用的钱，她开了这家小旅馆，一个人过日子到现在。

当晚，她像家人一样问我是晚上还是早晨洗澡，我说晚上。我拿着日式睡衣，走下楼推开浴室的门，看见热水满满一池，原来她已为我准备好了洗澡水。

第二天一早她准备了早饭，摆在榻榻米的矮桌上，一碟一盘，有白如珍珠的米饭，还有汤、好几种野果做的泡菜、生煎的咸鱼片。可口极了，我连吃两碗米饭。

我赞扬她煮的米饭。她说中国的米饭也好吃，有一次看一本杂志介绍，看着里面的米饭，心里好感动。我俩交流起来，都同意米饭若要好吃，一选米，二选水。

我说起自己煮的米饭，慢工出细活，老灶烧开水放米。半熟后捞出来，放在蒸笼里蒸。也可以盖严锅盖，等米汤流出，小火焖十来分钟。也可以用微波炉蒸，将甜瓜，或干蘑菇，或红枣，或柠檬、花生，洗净，放进米里，最好用隔夜绿茶水，加点橄榄油、盐，蒸出来的饭香气四溢，颜色好看，有一点酸酸的味道，米粒不硬，也不粘。我又说到做茄子，把茄子放到烤箱里，烤到皮焦焦的，取出来，剥皮，再撕成丝。已煮好的龙虾，取出其汁，和西红柿汁拌在一起，浇到茄子上面。把龙虾里的肉取出，放在盘子一边，再放一枝又嫩又好看的香菜。我吃这道菜时，喜欢加一点儿米饭。

她说做天妇罗也是如此，料和面粉最重要，她喜欢吃时再浇上一些柠檬汁。

说着美食，时间转瞬即逝。我看看手表，得走了。

十一月的京都很冷，得穿大衣。旅馆剪修齐整的花园里松树和枇杷树一片绿，通向房间的石阶摆有两双木屐。旅馆女主人说："一双是母亲的，一双是我的。母亲喜欢穿木屐。我幼年时最喜欢听的声音，就是她穿木屐走路的声音。"

听旅馆女主人说她的母亲，我心有戚戚焉。我想念不在人世的母亲。雨水打在树叶上沙沙作响，菊香随风扑来，带着浓郁的孤单。

旅馆女主人脸庞非常忧伤，她突然问我："你还会来这儿，对吗？"

我点点头，走过去紧紧地拥抱她。我背起行李出旅馆，与她挥手告别。

火鸡与圣诞节

在伦敦十余载，每进入十二月，街上火树银花，户户张灯结彩。我这异乡人，总是“隔岸观火”，心里惆怅莫名。收贺卡，也买来贺卡，写上祝福邮走。夜里，有可爱的小孩子们挨家挨户唱圣诞歌。按习俗给了巧克力糖果，一关上门，与家人对影成六人。

吃过别人家N次圣诞大餐，火鸡差不离皆成了老太太的肉，牙齿如锯，却难下咽。若是自家非吃火鸡，倒是情愿做火鸡腿，用杜松子酒、海盐和橄榄油浸透，放点水，水蒸干，上盘，像盐焗鸡。

讲究的英国人说，仅是火鸡腿，那可不是过圣诞节。

有一年感恩节在加州大学伯克利分校开会，好友设家宴，邀请到会者参加。一听吃火鸡，我表情不怎地。好友说：“尝一下我的火鸡吧，或许不一样。”我带着疑惑点头。

他家客厅在二楼，一楼是他的大书房兼卧室，全是堆至屋顶的书，还有一架大钢琴。好友带我到花园，有一个大瓦罐在花丛中，煞是醒目。好友说，那是用来做吃的。

蜡烛点亮，主客落座，空气里溢满葡萄酒香。一只大火鸡端上桌来。这火鸡熏过，如腊肉的味儿，看相也极好，诱得人直掉口水。从火鸡肚里掏出小洋白菜、土豆泥、面团、腌苹果，配鸡肝汁调料。切一片送入嘴里，果然味美，舒软有致。

我惊喜地看着好友，赞扬他的火鸡。他说这火鸡就是用花园里的瓦罐熏烤的，一天一夜，用小火伺候。这夜晚因为有这只火鸡，变得温情脉脉，与好友多年不见的距离，也一下子缩短。

还有一年圣诞，在慕尼黑旅行。朋友邀我去她家过圣诞，传统是吃鱼。我们讨论了一下，一共四个人，决定一人一条虹鳟鱼。她家住湖边，与鱼店约好，圣诞前夕去拿新鲜的鱼。结果我一看鱼，条条肥壮，一个人根本吃不完，身为厨师的我建议只做两条。大家反复讨论，最后决定先吃两条，若不够再做。要做整鱼，只得用大铁锅。油热后，爆姜丝、蒜，倒入少许水，放入香草、火腿、蘑菇，然后放鱼，浇上杜松子酒，盖上盖，二十分钟即好。朋友为过世的父亲摆了盘，盛了鱼，四个人为他举杯。她母亲自从丈夫走后一直伤心，这圣诞之鱼易接近天堂之魂。

那晚我睡在她家客房，想着不在人世的父亲，想着远在山城的母亲。母亲是不过圣诞的，她去世后，我整理遗物，发现她把历年我寄给她的圣诞卡都保存着，有一张是一个女孩子站在圣诞树下，树上有一只大火鸡。

有字歪歪地写着："祝爸爸妈妈圣诞快乐。希望能为你们做火鸡。"

是我的笔迹，已发黄了。上面的日期是一九九一年。我常年离开父母，从未有一个圣诞节和他们度过。想来母亲心底里一定盼着我做火鸡，一直盼着。而我忘了。

今年圣诞，十一月末就准备了圣诞树，十二月中旬才陆续装点，只是北京店里无火鸡出售。费尽心思，终在燕莎国际超市买到一只七公斤重的美国原装火鸡。

用胡椒、海盐、伏特加酒和柠檬汁抹过火鸡内外，密封好放在阳台挨尽寒风，三天后解开，火鸡已有股浓浓香味。皮上抹黄油，肚子里塞栗子、茴香菜、精选鸭肉、牛肉、蘑菇、胡萝卜、土豆、迷迭香，大火二百五十度烤着。

马斯卡尼的歌剧《乡村骑士》从客厅远远传来，图里杜的咏叹调揪着心痛。一小时过去，调成二百二十度，继续烤。又一小时过去，烤箱铃响。端出黄澄澄的火鸡，香气扑鼻，泪水止不住滴到上面，皆成盐粒，厚厚的一层。父亲母亲你们不会觉得咸。你们安静地坐在客人中间。第一次用刀叉，也一点不生疏，慢慢地划一小块，送入嘴里，咀嚼着，享受地闭上眼睛。

我欢喜异常，走到你们身边，生怕客人们听见，俯下身来悄悄地说：“谢谢你，爸爸。谢谢你，妈妈。圣诞快乐，天天快乐！”

转身看镜，都说镜子可传达这世界与另一世界的信息，那么只要可能，我都想如此：以后年年圣诞能在餐桌上与父母之魂相见，即使就一分钟也好。

鸽子衔回橄榄枝后

橄榄树，也许是世界上最古老的树。

夏娃偷吃禁果，被逐出伊甸园，他们的后代越来越多，遍布大地。人类打着原罪的烙印，怨恨与恶念日增，无休止地相互厮杀、争斗、掠夺。上帝后悔造了人，内心忧伤，决定让洪水在地上泛滥，毁灭天下。只有挪亚在上帝眼前蒙恩。上帝告诉挪亚，要他用歌斐木造一只方舟，上边要留有透光的窗户，旁边要开一道门，还要带上洁净的动物，以便将来在地上繁衍。

大雨日夜不停，下了整整四十天。万物死亡，只有方舟里的人和动物安然无恙。风吹着水，水势渐渐消退。方舟停靠在亚拉腊山上。挪亚打开窗户，每隔一段时间放出鸽子去探听消息。这天黄昏，鸽子飞回来时嘴里衔着橄榄叶，明显是从树上啄下来的。鸽子衔回橄榄叶，向幸存的生灵报告：洪水已经开始退去，灾难即将结束。

《圣经》中有关橄榄的记载频繁出现，有寓言说橄榄油可治愈多种疾病。

有一年冬天，在意大利南方，我在一片又一片茂盛的橄榄林里走着，多年前我读《圣经》时的神圣感又出现了。闻着橄榄树微微的香气，整个人好像都飘飞起来了。正午阳光照耀在树叶上，发出明亮的光芒。下午时阳光略有倾斜，那些树叶也轮转起来，在风中轻轻摇动。傍晚落日映出树枝的剪影，若远若近，添了好些媚妩，终生难以忘怀。像小时那首歌："外婆给我一枚小小橄榄，啊又涩又酸又涩又酸，我随手就把它抛掉，扔得很远很远。过了一会嘴里泛起回味，啊清香甘甜清香甘甜，我回去找那小小橄榄，再也找不到那小小橄榄。"

人的感情就是这么复杂。我对橄榄喜爱有加，它们从里到外都好，既好看又实用，让人没法挑剔。

小学二年级时，母亲给我吃过一颗盐津橄榄。好新奇呀，我觉得其美味无比，比糖更值得慢慢回味。母亲说它能化痰止咳，清热解毒。现在，我喜欢清淡的盐水泡橄榄，从瓶子里捞出来，淋上橄榄油，开胃极了，与四川泡菜有异曲同工之妙。

我曾在伦敦南郊一个叫摩登的小镇住过一段时间，常有一些开房车的法国人每周末专程来镇上小三角地摆集市，用橄榄做各种小食。有些橄榄适合做下酒菜，有些适合搭配奶酪享用，有些适合做沙拉。橄榄油里泡了辣椒、西红柿、香草，味道神奇得无法形容。用来做菜、烤肉，梦里都会想念。不过，那种咸咸苦苦的橄榄，若是和苦艾酒一起吃，对有些人来说，可能会终生难忘。

但如此美的东西，苦一点，之后才可体会其美好。即便弄错也是甘愿的，比如我家乡辣断肠的小尖辣椒。

中国用橄榄油烹饪的主妇比较少，通常对西式菜肴有些了解的人才会使用。国外用得多些，主妇们也把它看得很珍贵。英国人用得少，南欧人用得多，我周边的意大利邻居做菜离不开它。

很多人做沙拉时，用超市卖的那种白色沙拉酱，弄得菜一塌糊涂，卖相不太好看，也不好吃。再说，沙拉酱含高油脂，吃多了也不好。法国菜、意大利菜，还有西班牙菜，讲究的厨师通常不用沙拉酱，他们用橄榄油、柠檬汁、醋、香草，甚至蒜，调出别致的沙拉汁，这样拌的沙拉爽口又美味。

橄榄油的味道比麻油纯正，不油腻。吃很辣的川菜火锅时，我会用橄榄油调一道新鲜的蔬菜沙拉当配菜，感觉就像一个爱穿衣会穿衣的女子，有红衣裳配短短的七分绿裤，十分妖娆，也十二分清新。

口味上是一种对比，对味蕾来说，更是一种休息和美妙的转换。还有一种方法，油炸花椒粒，或是辣椒丝，放入橄榄油，加点醋，用这样的调味汁来拌海鲜沙拉，特别可口。

有主妇担心橄榄油价格较高，花费不起。凉拌或直接食用时，就用那种品质好、价位高一些的特级初榨橄榄油；煎、炸、煮、炖，不妨选用那些橄榄和菜籽混在一起的油。我喜欢用橄榄葵花油，做的菜有股淡淡的橄榄果香。在营养标识上，这种油每一百克含维生素E四十毫克、大量不饱和脂肪酸，比较健康。纯正的菜籽油让人用起来心里踏实，而一些胆固醇含量高的玉米油、花生油，让人望而生畏。核桃油、红花籽油、山茶籽油偶尔用，也恰到好处。

电影《英国病人》中有个情节，基普在花园里用凉水冲洗头发，女护士汉娜送给他一小碗珍贵的橄榄油，他抹在长长的头发上，那头发变得油光水亮。

看过影片后，我就想自己试试，验证一下橄榄油的护发功效。洗完头发，我在湿发上抹一点儿橄榄油，用毛巾包起来，一刻钟后用水冲洗。效果的确很好，滋润如黑绸，味也清香。

有一年冬天，我从英国回到北京，空气太干燥，周身皮肤都粗糙如蛇皮。我试了好几样护肤品，皮肤依然如故，索性周身涂橄榄油，擦后周身皮肤湿润，尤其是嘴唇，自然鲜亮，比法国兰蔻还兰蔻。

梦里掉下红烧肉

本来准备缩紧胃口，让小蛮腰显现，可在香港一周，每日遍尝美味，原计划泡汤。最后一晚在中环赫赫有名的镛记，盼了许久的烧鹅端上来，那鹅又肥又香，皮脆肉嫩，吃到嘴里既不油腻也不干涩，酱汁咸淡恰到好处。环视周遭桌子，全点了这菜，难怪镛记创始人甘穗辉先生被称誉为“烧鹅辉”。

这个年代，吃如此烧鹅就得到如此名店，否则那鹅的肥让人受不了，谁都怕胖。时光倒退几十年，在我小时，若是用猪油、酱油拌米饭吃，便如同过年一般快乐。谁怕肥肉？谁都不怕，且谁都不胖。

家里有客，才有可能用肉票。排长队为的是大肥肉，第一可以打牙祭，第二可以做回锅肉，有汤、有肉，还可以熬油存着做菜用，一举三得。

平时是父亲做菜，家里来客人时，母亲会亲自操刀，把煮熟的猪肉捞起来，切得又薄又整齐，青蒜苗、辣椒加上泡姜、泡萝卜。母亲炒菜时不像大厨房里的邻居们摆家常，她不说话，做得专心。之后，她把菜分装好在一个大碗，一个小碗。家里总有人不在，回家晚了，母亲就会在一扫而光的桌子上，把小碗端出来给后到者，夹上几块肉。

我们家很少吃红烧肉，记忆中有过一次，好像是五花肉烧豆筋棍。那种香，几天都溢满屋子不散。日后我寻找那豆筋棍烧肉，自己试着做，也寻访过无数餐馆，都找不到小时吃过的红烧肉滋味。想来是那时猪肉与现时猪肉不同，不会用饲料添加剂，更不会遇黑心猪贩子往肉里注水，自然那时豆筋也不同，纯绿色食品。

还有一次吃红烧肉记忆深刻。那时我上小学了，跟着母亲去一个亲戚家，是二姐夫的舅父，似乎他家里出了什么事。我们半夜去的，在一个小巷子里拐来拐去，最后停在一幢房子前，走上吱吱乱叫的楼梯，进到一个灯光昏暗的房间，好些大人站着，唉声叹气，锁着眉头嘀咕着，还有几个小孩子，歪七扭八躺在床上。隔了好久，天都要亮了，问题似乎有了解决办法，舅妈才端出两口锅来。一口锅里是大米饭，很稀罕的，因为大米紧缺，一般都配有杂粮，另一口锅里是野山菌烧肥肉。锅盖一揭开，香气扑鼻，房间里死气沉沉的气氛顿时变得活络起来。那肉是猪坐墩肉，结结实实，即便烧的是野山菌，也没裹掉多少油，吃在嘴里，油星四溅，舒软有致，都舍不得吞进喉咙。

之后好些年，我都总爱做同一个梦，梦见自己摸黑走路去找一个楼梯，可总找不到舅父家，自然也找不到那野菌烧的香喷喷的肥肉。

三十多年后的这个炎夏，我在意大利度假。这个位于锡比利尼山顶的福祉镇，不管是猪羊牛肉，还是水果蔬菜，大都是绿色食品。一周前向镇上肉店订了一个七八公斤重的大猪头，这日按约去取回家，店老板用电锯帮我把大猪头切成两半。我花了一个下午处理这个怪物。先把猪头放在火中烧掉猪毛和腥味，清水洗净。再分解成几块，有的放冷藏箱里，有的放速冻箱里。用大锅煮猪脸，不到一个小时汤就纯白，飘出肉香来。夹猪脸出来，稍冷却便切成片。我专门剔出肥肉，取盒盛好。

晚上烤海鱼吃时，未放黄油，替代放肥肉。家人称赞这鱼与以往不同，奇嫩无比，配着红葡萄酒，下口爽得恨不得高声欢叫。

也就是这个夜里，我又梦见了家乡山城，一个人在梦中找寻舅父家。这次居然找到了，还是那些愁眉苦脸的大人，我还是那么小小的。听不懂他们说的什么，最后，还是舅妈揭开锅盖，盛出野山菌红烧肉。人很多，我没有座位，就站在桌子边，急急地吃着。这时母亲走过来，对我说："傻孩子，慢慢吃，今天红烧肉多，有你吃的。"

我不相信，端碗走到锅边守着。果然那锅里的肉，量始终不少，一会儿看像烧白，一会儿看像东坡肉，一会儿看像粉蒸肉，肉格外厚笃笃、温情实在，让人一看就安心，一吃就满心欢喜。亲戚们吃着吃着，说笑起来。母亲居然放下碗，走到屋中央，也就是灯泡下一块空地，她穿着一双高跟皮鞋，对着地板，嗒嗒嗒地跳起舞来。舅妈过来牵我的手，跟着母亲跳起来。没一会儿，整个小房间里的大人孩子都跳起舞来，嘴里唱着动听的歌。

我醒了，母亲去世两年了，少有梦见她，记忆中她从未穿过高跟皮鞋，也从未见到她在众目睽睽下起舞，也从未看见她那样开心，我的亲戚们那么放声大笑。

但有什么不可能的呢，因为他们吃了世上最美味的肥肉。

美食家黄珂

黄珂有一次在我的新书发布会上说："虹影在我的楼上作威作福，她经常到我的厨房来指指点点。"这句话，点明了我与他的邻居关系。

曾有六年我住在望京，那是我从伦敦回到北京居住的时期，在自己的大书房里，写计划中的一部部长篇。那也是我个人生活最低潮时期，几乎足不出户。

望京之好是生活方便，任何东西都可以送来，米、鲜鸡、活鱼、鲜花、机票，懒的话可以叫餐。好几个朋友说，你的老乡黄珂住在你楼下，他是美食家，又是现代孟尝君，天天在家大摆宴席，要不要去认识一下？我笑而不答。

大概过了三年，有一次我去参加朋友金盆洗手退出影视界的酒会。邻座一个看上去很敦厚很和善的人，问我是不是虹影。

我点头，反问他是谁。

他说他是黄珂。他说我们住得那么近，什么时候下楼来吃个饭，有些朋友都在。他给了我电话和房间号码。

我想我不讨厌他。

有一天傍晚我下到六楼，敲开他的门。岂止是有些朋友在，而是非常多的朋友在，大多是老朋友，南来北往，国外四大洲五大洋，各种职业的人。一帮狐朋狗友、牛鬼蛇神，在他家里以黄珂友朋之名会友，交友。

他的饭菜家常，凉拌萝卜丝和洋葱丝令我称绝，四川泡菜、黄氏牛肉汤锅是在所有的四川餐馆都吃不到的佳肴，还有四川香肠和腊肉，一桌子菜大都是久违的四川老家菜。味道很正，每道菜端上来，也很特别，称他为美食家一点也不过分。

就这样，我完全打破自闭的生活习惯，隔三差五去他那儿。

他有两个大四川泡菜罐，奇香无比。我从他那儿要了底汤，回家就可以做泡菜。他并不多言，除了最先介绍朋友认识。有人有问题要他帮助，他就细心听，再找相关的人解决难处。酒菜上桌，他坐在那儿，笑眯眯地看着一桌朋友边吃边高谈阔论，有时抽烟斗，有时接电话，有新朋友来，安排第二桌。也有朋友把他拉到一边房间里，与他谈重要的事。事情结束后，他再回到座位，拿出身后各种好酒来给朋友倒。他从不劝酒，他说到他家的人从国家领导到平民百姓一视平等，来者就是客，客就是他家主人。

朋友到他家，随便放音乐随便看书随便上网，随便画画弹琴唱歌跳舞打电子游戏，饿了，可随时加餐，他把家里保姆训练成一个做菜高手。喝醉了，可到他的客房休息，他让保姆做醒酒汤。

不用多久，你会发现黄珂是一个非常有吸引力的男子，不仅是相貌，而是他的心灵。我好几个做电影导演的朋友都说，他长得很像演《现代启示录》和《教父》中的马龙·白兰度。每当此时，黄珂总是一笑，有着马龙·白兰度的沉默，甚至有时他还有着教父那样含混不清的说话方式。

《教父》是我最着迷的电影，马龙·白兰度的表演实在令人心折。他的面无表情，有一种狂暴与优雅，还有一种残忍与邪恶。我记得他说过："不经常与家人待在一起的男人，永远也成不了真正的男人。"

马龙·白兰度是一个真正的男人。可是他的一生是那样的不同寻常——他有着不幸福的家。父母乱来，他从小得不到家庭温暖，后来把感情寄托在一个教士身上。他是一个双性恋者，曾因同性恋被军校开除。为改变命运，他来到纽约，跻身百老汇，他天性中有着狂暴气质，成功地出演《欲望号街车》，声名鹊起。之后，获得七次奥斯卡提名，拿下两次奥斯卡奖。他的家庭生活也不理想，妻子总在吵闹，情妇总在自杀，子女总陷入无边麻烦。他不停地结婚、离婚，大儿子吸毒、私藏武器、干非法交易，还和他的情妇上床。他人生最大悲剧发生在老年时期——儿子克里斯蒂安杀死了女儿切娜的男友戴格。切娜说："是我父亲安排了一切。"之后女儿自杀。

谁也弄不清真相。不过人们不会忘掉他的表情，那是在电影里，有束昏暗的灯光打在他额头上，下半部脸隐没在阴影里。我们看见他的眉毛蹙起，形成悲伤的皱纹。没有参加女儿葬礼的马龙·白兰度，想必也有一样的表情。他手握一杯酒，把痛苦留给身后的黑暗。他说："当一只海鸥从两千人头上飞过，谁知道它掉下的羽毛会落在哪里?"他在《巴黎最后的探戈》中说过一句台词："你一直是孤单的，你无法逃脱寂寞的感觉，直到你死去。"

黄珂的身世和经历与马龙·白兰度一样传奇，朋友间流传各种版本，电视、报纸、杂志都在报道这个现代孟尝君、大善人、中国式教父，连北京街上走着的老头、老太太，都会说起黄珂这个名字："哇，黄珂，就是那个在家里开免费流水席的人!"

他到底是何种人，有何种能耐，让所有人，有时是敌人的那些人都能成为他的朋友，甘心投在他的门下，成为黄客一员。与他相处久了，我所有的好奇心都消失了，如同我讲了马龙·白兰度电影内外的故事，我只想说，黄珂是真正做到了放下屠刀立地成佛之人。与马龙·白兰度不同的是，他爱女儿如命。有一次他为远游回家的女儿专门买了一束七彩菊花，在阳台上慢慢找花瓶，洗花瓶，盛上水，把花插入，放好在女儿房间。

现在市面上有许多书，有讲医病的，有讲旅行世界的，有讲股票金融危机的，有奥巴马自传，有武侠小说，有张爱玲想毁未曾毁的《小团圆》……什么都有，但都不如黄珂这个人有意思，有嚼头，有趣，值得我们慢慢回味。

人活着是为了什么？黄珂这个人的存在，他的人生哲学，给我们带来一种有趣的生活方式，让我们相信这个人情淡漠的世间，有真正的温暖和爱。有他这样百年不遇的四川好人，提供给我们这样的美食，温暖我们的心，我们得向他致敬。

○ 意大利家宴

○ 肯门兰兹集市每周的火腿摊 ○ 佩达索海边的灯塔海鲜馆

○ 日式早饭

○ 虹影与女儿船游西西里

纪念一个人

二十年前，也是一个初冬，北京冷，冷到心寒。我坐了三天两夜火车，从南方来北京申请去英国的签证。朋友家在红星胡同的一座小四合院，一半姐住，一半他和母亲住。其父是诗人，介绍我们认识。朋友知晓我去英国一事，来信欢迎我住他家。

那个清晨，我背着包，手提一篓橘子和家里一小泡菜坛。朋友交代我住西厢房便去上班。屋里没暖气，有张电热毯，我缩在床上休息，马上睡着了。

醒来，太阳已过头。出来一看，我的橘子掉了一个在门前，红红的，摸在手里，透着冰冷。

院门开了，伯母提着菜进来。她眉眼端正，身材高挑，走路时腰很直，很高贵。不难想象，年轻时有多美，多吸引人。我把泡菜坛和橘子送给她，她笑了笑，说老罐子泡菜味好。

朋友晚上回来，伯母饭菜已备好，有肉片，还有菜花，放了干虾仁。剩下的菜汤，第二天中午做面条，当调料，可口极了。

伯母与丈夫离婚，一人带着几个孩子，非常辛苦。有一个儿子“文革”时因为对现世绝望，离家出走，至今杳无音讯。我与她说话很谨慎。她要去参加一个老同事聚会，来不及去剪头发。我说我可以剪，如果你信任的话。她看看我，把剪刀找出，递到我手上。不到二十分钟，我剪完。她照镜子，说我把她变漂亮了。我说你本来就很美。

我去申请签证前一天，伯母买了鲤鱼，说是吃了鲤鱼可跳龙门，会顺利得到签证，转好运到英国。可那天我非常倒霉，当场被拒签。

伯母说鱼也吃了，怎么不灵？她的难过并不亚于我。

我匆匆回到复旦。三个月后，我又申请了，得到签证。以后每年回国，都要去看她。我们之间话多起来，但只说文学和日常生活。

二〇〇〇年，生活遭变，我搬回北京。因为伯母搬到望京居住，我也在那儿买了房。整个装修，伯母给了建议，因此我卧室卫生间有面大镜子，客厅有个大书柜，跟她家一样。

时不时去她家或带她去餐馆，她讲究吃，对电影和侦探小说更是精通，经常忘了她是年过八十的老人。她一度担心儿子有忧郁症，不能再写作了，经常在电话里对我说，他吃药效果也不大，问我有什么办法。

我与她无所无谈，慢慢知道，她父亲是银行家，家里有中西厨子，小时去过欧洲、美国，后来回到天津，又随父亲移到上海。和所有的热血青年一样，她不顾父母反对，去参加新四军，在路上被日本宪兵队抓了。父亲领她出来，要她改“邪”归正。她不听，仍要革命。她的故事非常吸引我。实话讲，我与亲生母亲也未到达与她交谈的程度。我写《上海之死》时，女主人公在舞台上的造型——背对观众，开始说话，然后转过脸来——是她给我讲的当年看的一出话剧。孤岛时上海日本宪兵部里的情况也是她告诉我的。

二〇〇六年我母亲去世时，我在小区超市遇见她。她拉着我的手，安慰我。那时她买菜做饭，给远方的女儿写信，给儿子校稿，每晚看一部DVD电影，身体健朗。谁想一年后就病了，三年间一直治病。最后两次我去医院看她，她都无法说话，眼角流出泪水。我走出病房就哭了。因为我知道我将失去她。

她终于走了。与她的遗体告别时，我在想，北京冬天严酷无情，可这些年，尤其是二十多年前，我孤苦无依时，她代表母亲，也代表北京，温暖着我的心。

如今，没有她的北京，寒冷异常。我只得不断地回到过去才能度过：伯母推开四合院的大门，兴冲冲地说，“虹影，你看我给你买了一条鲤鱼!”

奇怪的小村子

在意大利中部锡比利尼山脉，有一个山丘，海拔很高，冬天会被冰雪覆盖，最高的地方几乎一年都有积雪，峻峭。车子爬到山顶，发现那儿有一个村子，四周都没有人烟。村子大概最多一百人不到，上面没法种食物，有小卡车到村子里卖蔬菜水果。有两样东西很美：一样是不同颜色的野花，一层叠一层，季节不一样，风景也不一样。最漂亮是夏天，开满各色珍奇的野花，中国九寨沟才有那样丰富的颜色。另一样是豆子。豆子做香肠汤，放在瓦罐里，一口气吃完。抬起头来，迎着白象似的山峰，再向店家要一杯冰啤酒，抽一口烟斗，烦恼顿时皆无。

这个地方叫卡斯特卢乔，很封闭，冬天大雪封山后，村民不跟外界接触。他们自说一种语言。村民的脸奇怪而相似，因为他们很少跟外人通婚。

夜色降临，在这儿，要是你不走，不赶快跑掉，就像有妖魔要出来，起码会有狼人出现。诡异骇人。不仅是我，认识的人到过这个地方，后来问他们，他们的感觉都是如此。可是这地方竟然有好吃的豆子，可以做出一道别开生面的香肠汤来，真是难得。

我每年夏天到了意大利，就听到当地人议论，快去看花，卡斯特卢乔的花快谢了。快去吧，那儿起伏的山上，又用植物做了一幅意大利靴子地图。快去吧，花凋谢了，也很好看。他们以此为谈资，吃饭间会说，还是那山上的豆子香，那儿的奶酪不错，葡萄酒也要在那儿喝才好喝。

几年前，意大利一年里遇到两次大地震，这个小村子被毁得什么都没有了。我看到意大利当地朋友发的脸书，那儿遍地还是生出不同色泽的花朵来，一片一个色。我的心在痛，怀想那个消失的村子。最令我怀想的是曾经与朋友们在那儿度过的美好时光，当然也怀想那里能做出美味的每个厨师。

北京三家餐馆

北京DL云南菜　大厨是内行高手

这家餐馆在一条胡同的四合院里。大厨懂得吃是一门艺术，他留有长长的一头好黑发，个子高挑，晃眼一看，以为是云南泼水节里泼出的美女子。那是指他的腰肢，在灶台周边一转身一抬手，挥动锅勺。他做的云南鸡汤米线、魔鬼烤鱼、葵叶包带子、酸菜红豆汤，带着迷人的气息，一吃难忘。这里的云南火腿最好，用鸡汤蒸制，瘦肉红如樱桃，肥肉闪亮透明，不腻，入嘴满口香。每道菜其实都很难挑出毛病，既新鲜营养，又好看好吃，仿佛生命里梦想的。

这儿的装饰，据说是大厨的心血所在，他用了意大利的多色彩，植物有的是上年纪的老树，直接从京都郊外移植。门廊很泰国，只有侍者的衣着和云南大理人贴近，倒也独出心裁。

后来餐馆易主，大厨换人，去过的朋友告诉我，味道大不如从前。不必再去。

北京狮子山下　地道的香港私家菜

就在闻名的老书虫书吧隔壁，店铺像个小媳妇一样遮着，稍不注意，便会错过。里面也没豪华装修，更谈不上什么风格，是那种最普通不过的香港茶餐厅货色，可是干干净净。服务员一看你落座马上一杯免费茶水就倒上来。菜单以前全是塑料壳里夹一纸片，写着招牌菜名。现在有改进，做了菜本，还印了菜的照片，帮助那些不会点菜的客人。

老板是个香港人，在上海开了煲汤店，生意火爆。北京这家店本不想着赚钱，倒也开得大大方方，二楼装修了两回，要做港式火锅，网上有人说好，有人说太一般，我没尝过，不能品评。

咸鸭五花肉煲时蔬与鱼香茄子焖田鸡，较油，咸鱼丁与炖烂的茄子混在一块儿，胃口大增。水煮鱼鲜美得似乎是面对沸腾鱼了。烧鸭叉烧拼盘，做得一般，不像在香港的镛记，那烧鹅任何时候去吃，都不让你失望，落座就会送上糖生姜片和皮蛋，开胃事小，煞是爽口。

干菜煲猪肺汤，地道的香港做法，喝过之后，再也不想喝其他汤了。这儿的菜要比很多五星级酒店还地道，尤其是刺身，新鲜美味。除了工体4号院内的那家店，他们在东环广场又开了一家，味道也不错。

只可惜，今年年初得知老书虫也因为某种原因不存在了。

莆田　米其林一星　喜欢颐堤港那家

莆田在北京有很多家，我最爱去的是颐堤港那家，全是地道的福建口味，上菜快，服务员脾气好，还准备各式辣椒。

这儿离我家近，几乎是我的食堂，也是艺术圈朋友喜欢的餐馆，崔健、谭维维、苏青、于朦胧、尹丽川、张小波、沈浩波，还有一些著名制片人也是常客。有一次我带严歌苓和加拿大导演阿托姆·伊戈扬去，他边吃边赞扬莆田菜，回国后还专门问我这菜。伊戈扬的电影《克洛伊》由朱丽安·摩尔主演，但我最喜欢他的电影《记住》，讲患有阿尔茨海默症的二战屠杀生还者在完全失忆前，对当年杀害他家人的凶手进行复仇的故事。他是各种电影奖项的宠儿，得奖无数，担任评审主席无数，担任过二〇一六年上海国际电影节评委。

这儿每道菜都做得特殊，九转粉肠新鲜干净。黄花鱼用盐腌过，加生姜等佐料，一百秒出锅，由这道菜衍生出的黄花鱼米饭，也令人难忘。海鲜炒米线，米线细如发丝，我自己购了店里的生米线，试过好多次，才可炒出。铁板盐焗蛏子，蛏子丰满，没沙子。我喜欢豆腐鱼汤，浓浓的，像母亲熬了一夜，用了爱心，回回点，都没有失望。

餐馆和拉拉

拉拉们近些年喜欢到餐馆，胜过通常去的公园或是特殊集会，比如北京紫竹院公园。拉拉比男同志喜欢外表装束，流行寸头，以前倒是不能从头发上看出来。她们大都从熟悉或半熟悉的人堆中找自己喜欢的人。东城好几家连锁的台湾餐馆，可见女人们手拉手进去，坐下来，一边吃一边聊。总有好些人用异样的目光盯着她们。

仍在北京东城，有个王府改的餐馆，拉拉们爱去那儿。一进门，那些女服务员打扮成清朝高贵的格格，高髻插花，热情地招待。这儿像是女儿国，包间里，拉拉们酒足饭饱后亲热地在烟榻上倚靠在一起。

到这儿来的女人，有种心照不宣的感觉。离这儿不远是后海胡同，有一些由小资或外地艺术家开的小餐馆兼酒吧。拉拉面前放着一台笔记本电脑、两碟可口小菜加上啤酒，与一个看上去中意的女子攀谈。

我写过不少拉拉小说，她们失恋，嫉妒，被包养，幼时心灵遭到创伤，常被评论家称为中国女性主义的旗帜。是拉拉的读者，都认为我是拉拉。有时在餐馆里遇到我，哪怕有我朋友在场，也会走过来，介绍自己。有的拉拉介绍完自己后不会离去，若是我和朋友转场到酒吧，她也会跟着去。一旦认识，马上就有占有欲，警惕别的女人对我的态度。有一次我在西单图书城签名售书，一个女同性恋来签名，她要请我去吃上海菜。我客气地拒绝了。我与出版社在人大有活动，她就一直跟着。出版社请她离开。第二天我们去上海，在机场遇到她，她打扮得非常漂亮，一直跟到上海。在上海三天，她每天通过旅馆前台给我转来一封长长的信，说她如何喜欢我，信里谈到小时候父亲如何抛弃她和母亲，她与不停自杀的母亲相依为命等。她说她恨男人，也不是对每一个女人都会动心，而我，让她丢魂落魄，夜夜难眠。“能不能再见我一次？哪怕一次也好。”她的信似一团火，可是点不燃我。虽然我不想见她，她还是写信来。这种狂追，直到我回伦敦才停止。

坐在霄云路一家舒适的小餐馆里，面对美食、女人一颗柔软的心，说实话谁能不受到诱惑？C在这儿的一家椰子柠檬东南亚风味的餐馆认识了小凤，两人一见倾心。半个月后，租了一间胡同里的房子开始共同生活。小凤的母亲听到这消息如同遭雷击，劝女儿回家，但小凤不听。C自音乐学院毕业，没工作，晚上到五星级的酒店拉大提琴。我见过小凤，她看上去很年轻，短发漂染了几缕黄色，穿牛仔裤，上面套了一件唐装，一说一个笑，非常可爱。

一年后我和朋友坐在她俩经常去的这家餐馆，我说起小凤，问她和C怎么样。

朋友说："难道你没听说？"

我摇摇头。

朋友说C在旅馆认识了一个加拿大男人，两人的关系进展快速，到了谈婚论嫁阶段。小凤伤心至极，采用各种方式拉不回C，最后对C说，她同意C离开，但要与C告别。一个晚上她与C做完爱后，用水果刀捅死了C，她自己报了警。朋友说，小凤绝望至极，她不能没有C，C比她的母亲更理解她，也比母亲对她好，C对她发誓要一辈子和她在一起，生是比翼鸟，死了做鬼也要在一起。小凤交代时态度恶劣，故意对抗，被判了死刑。据说行刑那天小凤打扮得非常漂亮，让母亲送来口红和一件黄色的连衣裙，高高兴兴地装束好，面带幸福的微笑面对开枪的人。

"她如愿以偿！"朋友连连感叹。而我早已泪流满面。

一对女同性恋学者，一个四十岁，一个四十四岁，两人各有住所，各有事业，周末聚在一起，大都爱问我京城有哪家新开张的餐馆，有时是她俩去，有时我们三人在那餐馆见。不过因为她们住在三里屯附近，我们就常去那儿的"三个贵州人”。水果拼盘来了，人手一支香烟，当我们谈到同性之爱时，年长的从皮夹子抽出一张照片来，是张自拍的婚纱照，两人看上去最多三十岁。照片背后写着一行娟秀的字：“我们相爱，我们也想和心爱的人白头偕老。”

她们走在时代前列，那好看的婚纱不过是自我安慰而已，父母反对，亲友蔑视，同事看不起，自然没有祝贺者，更不合法。但在我眼里，她们是最可爱的人。

吃喝心得

众人皆知我是作家，少有人知道我是一个地道的厨娘，还符合一个老饕的标准：能吃，会吃，懂得品，会做，把简单的食物做出一派活色生香。有时不得不在外吃饭，或者旅行时，我有几个方法，既保护自己不拉肚子，又能享受到美味。

望闻而知味

一道菜端到我面前，我不会第一个动筷子，先观其色，再闻其味，这两项不入我眼，我宁愿放弃这道菜。

这个方法百试不爽，从未失误，不用吃，便知菜之滋味。

菜新不新鲜，凭闻和看便知。在餐馆里，一道海鲜，比如虾或鱿鱼，加了浓黑的老抽，这道菜要么材料不新鲜，要么即便新鲜，被老抽抢味，也不会好吃；每种食物自带香气，气味不对，也不会好吃。一个经验丰富的美食家，可闻、看菜知好坏。最差的厨师是破坏食物本身味道的人，忽略烹饪的基本原理是呈现，而不是掩饰。

吃当地最好的菜

我的小说在许多国家出版，有机会去各地乱逛。大都是出版商请客，提议带我去吃中餐，我都会提议尝试当地菜，因为国外的中餐好的极少。

吃到一道好菜，又弄不太明白，我会向大厨讨教菜的做法。有一次在菲律宾一家面馆，我吃到一碗面，粘粘连连，味美极，吃了还想吃，醉醉乎乎，很是开心。问服务员面的做法，服务员不肯告知。后来又去那家面馆。服务员那天心情好，请出大厨，大厨倒是大方，原原本本把面的做法说了。除了加盐过水，再放入鸡汤煮熟，捞起来，浸米酒，拌上事先磨好的鲜虾泥、芋头泥。如此这般，这面不好吃才怪。

大锅饭最难做

小时候母亲在造船厂做苦力。记得某天我有事去找她，正好是中午，母亲带我去食堂吃饭。那天是花菜和蒸饭，那是我吃过的最好吃的花菜，我现在都能想起那花菜的味道。花菜里面没放特别的调料，只是加了米汤，米香和花菜的清香叠加在一起，绝顶好吃。

其实食堂餐有时会好过不错的餐馆，如同要想吃到真正的地方美味，得到小巷子里去找，在那些小吃铺，甚至是大排档，才可见到好货色。

一九八九年，因为有一些好朋友在社科院研究生院，我常去那儿。研究生院的食堂，菜干净简单，米饭做得软而有嚼劲，面条有青菜和肉丝，过了十多分钟也不膨胀。那是近些年我吃过的特别好的食堂。有一天师傅做了一大盆腌牛肉、一大盆豆瓣鱼、一大笼包子和一大笼米饭。排队的人个个兴高采烈，不是为别的，就是为那厨师的好手艺。

一个能把盒饭、大食堂饭做好的人并不简单，要符合大众的胃口，还要做出味道。大锅饭是最难做的，必须掌握一定的美食要领才行。

做饭需要愉悦的心情，还需要仔细耐心。清蒸大闸蟹，先把蟹放在水里养一两日，让蟹吐尽身体里的污浊之气和秽物；用普通的水与用矿泉水清蒸是不一样的；用金属或竹蒸格又不一样；不同的火候做出来的也不一样。心情好，一切尽人意。心情不佳，忘掉蟹而想心事，等蟹肉变成石头一样硬才关火，不仅是对蟹不敬，也是对自己的胃不爱。

做饭前，清清脑子里的杂念，一心一意地把心系在食物上，做出来的饭菜才会好吃。

在北京很少吃粤菜

有一次，一个外国朋友在工体附近一家餐厅请我们几个朋友吃饭。我承认餐馆陈设高级漂亮，传统徽宅老建筑原样搬移过来，又用玻璃罩起来，启用钢、木、水等不同材料元素，令人眼睛一亮。餐馆紧邻湖水，有风景，且闹中取静，还设有画廊，所选的画也不差。

据说这家餐厅生意极好，几乎天天爆满，必须提前预订。

我们坐下后，服务员递上菜单，我发现有粤菜、川菜和西餐。菜单换过几个人手，落到我手里，他们要我点菜，我只能遵命。我一看菜单，价钱有点蒙人，就决定以简单为主。鸡肉、鱼肉和一些素菜，简单又实惠。是朋友请客，得为他掂量着点菜，有豆腐有肉，还有鸡、鱼、蔬菜，凉菜四个，热菜六个，足够大家吃得很饱，最后点了两瓶红酒。点菜是一门技术，一是需要了解在座每个人的口味，二是需要了解谁请客，主旨是什么。这顿饭的开销大或小，都不影响吃得舒服，这才是首要的。等了足够的时间，菜上来，分量很小，中西菜融合，外观煞是好瞧，但味道比一般的小餐馆都不如。号称粤菜，不是粤菜，用的餐具变形，大而无当，没让我吃到惊艳。西红柿鱼块稍微胜过其他菜，原因在于西红柿本身酸酸的。实话实说，那儿的菜实在平平。

最后结账，十个人用餐花了六百元，加上两瓶酒，不到一千块。服务员的脸拉得很长，我想在点菜时就把她气坏了。难怪茶水完了叫她添水，她过了好久才来。后来我听别人说，十个人在那里吃饭，加葡萄酒，没有五千块钱是下不来的。都知道在那儿吃饭是吃个名誉，要想吃舒服，就得换地。

请客的朋友是老顾客，以前他光顾这儿，花了多出这次几倍的钱。这回他没花冤枉钱，且吃饱了，很是高兴。

在北京，我很少吃粤菜。最好的粤菜在香港，中环任何一家小餐馆的贵妃鸡都正宗。在广州得花心思才能找到像模像样的粤菜馆。北京的粤菜馆，怎么难吃怎么做，尤其是煲汤。粤菜的汤名，光想想就会口水直流——鲜虾黄芪猪展汤、节瓜柱煲鲜汤、洋参巴蓟炖水鱼、鲜奶银杏炖生鱼……但在北京，如果你点了就会发现，这些汤并非慢工出细活烹制出来的，那怎么会让你为之垂涎呢?

第三辑

那个厨娘虹影

爱做菜的命

母亲从一开始就情愿我成为一个厨子，因为厨子比作家这个职业安全，不招惹是非。做厨子能生存，还能享受到生活的乐趣。

如今回头看，母亲是对的。做作家太辛苦，做厨子相对来说要轻松一些。

我天性喜欢做菜。做米饭必淘米，淘米水我会留着浇植物。隔夜茶水用来做饭和汤，营养又好吃。

出门购物，包里总有环保袋，无论免费或收费的塑料袋，尽量少用。

用质量好的漂亮筷子，避免用一次性餐具。

度假时，我不喜欢东走西走，以一个地方为固定点，尽情地置身于美景之中。自己做饭。不时到附近不错的餐馆品尝美食，余下时间专心写作。

每年夏天到意大利中东部的福祉，那儿是我另一个家，地处锡比利尼山顶。朝暮面对雪山，吃有机松露和野菌，水果和蔬菜放点盐和橄榄油，鸡蛋黄滋滋，怎么做，都是非凡的美味。从山顶开车三十五分钟左右到海边，干净的沙滩，碧蓝的海水围在一圈礁石里，如同天然游泳池。边上有非常地道的海鲜餐馆。吃着冰到心底的最好的冰激凌，听着海水之上鸥鸟一群群飞来飞去的叫声，身后从威尼斯驶来从北到南的火车在铁轨上咔嚓咔嚓有节奏地响着，一切都是那么诗意而美好。

我喜欢做菜有色彩，新色彩是新世界，旧色彩是怀旧，每一种颜色都有一种记忆，有一个令人难忘的故事。

独自一人，在宁静的早上或晚上，坐在蓝花丝绸质地的旧沙发上，端着一杯红葡萄酒，问自己，这是从前梦想的生活吗？全心全意不后悔？这时孩子叫“妈咪”，她饿了，给她准备油梨果和虾酱，涂抹在面包上，看着她香香地吃，眼角悄悄湿润。

食物的香味，跟那些美好的情感和事物联系在一起，仿佛临近一个陌生的国度，突然闻到青菜叶子和油菜花的味道，陡然间会想起，多年前爱过一个人。是呀，那个人已不在人世，可他出现在记忆里，就宛如重生。

食物有线条，不能复杂，不可混乱。我喜欢食物那种明快简洁的节奏，可直可弯可交叉，也可绕行而走，一个圆弧，一道彩虹，翻手为云覆手为雨。一个一流的厨师，就是一个一流的裁缝，比量尺寸，因人而异，做出最美的衣服，把一个本来并非完美的身体，装扮得婀娜多姿，活色生香，人见人爱。

无疑，这样做菜使菜成为艺术，而艺术又使做菜人成为传奇。

母亲是传奇。她是一个好母亲，更是一个好厨子，言传身教，从她那儿，我学到最重要的东西就是胆大心细，对食物充满爱和激情。她有一次对我说，做菜时最好安安静静，把心交给食物，食物不会成为负心人，你会收到惊喜。

我的做菜原则

无论是做西式沙拉还是做中式凉拌菜，或是做其他菜，都有这么几条原则：

第一，必须新鲜。不嫩的部位不要，发霉、虫咬的地方不要，用化肥催长的菜不在我的首选中。在中国，情况特殊，可用其他方式避免，以防农药；瓜类可接受，但不要做包叶型的菜。

第二，简单，保留其原味。一条活蹦乱跳的鱼，裹上面粉，油炸，用醋、盐、糖烧上一两个小时，起锅，这鱼在这烧制过程中已面目全非，本来的味道被破坏掉。有人认为醋熘鱼好吃，其实你是在吃醋和面粉，真是愚蠢。

第三，应该创新，举一反三。一个西红柿，可做沙拉生吃，也可浇上橄榄油做法式煎烤，挖空心装肉沫，也可放虾仁，还可放蜜枣和土豆泥。四川菜里面，辣椒使用率极高，青红辣椒，晒干的，新鲜的，各种配菜做法，既可调味，也可添色刺激胃口。在潮湿的地区，人们易感冒，吃辣椒就可预防。

第四，盐是做菜的根本，能让菜千变万化。我最喜欢的是海盐细粒，不是海盐粗粒，也不是岩盐，更不是其他的盐。杯子有垢，放盐进去，一洗就净，比用洗涤剂洗更健康；牙龈痛出血，放盐立即止痛止血；小时候我看见杀鸡的人，把盐放在鸡血里，放一点水，血一下子就凝住了，用来做鸡血粉丝汤，美味无比；家有鲜花，放点盐在水里，花期可持久。回到做菜上来，盐可调节身体疾病，每个人的身体该定期排一次毒，需要喝一杯盐水，清肠之后，以达到气血不损。

盐可让辣椒、白菜等蔬菜看起来柔软，吃起来却更脆，也可以让苦瓜的苦变得柔和，不必用水煮去苦味。

中国关于养生之道的书有很多，最早来自《本草纲目》。日本人根据《本草纲目》某一个偏方就能写一本食疗书。我们吃菜不仅是在吃菜，而且可以吃出菜之外的东西来。药补不如食补。这也是我的一个做菜原则。

为什么要做一个厨娘

做作家，对我来说，像是马拉松长跑，在跑的路途中，绝不要停下，一直向着道路而去。做美食，对我来说，像在长跑途中，喘一口气，喝一口水。

我喜欢做菜的感觉，像爱一个人一样，难舍难分，缠绵甜蜜，有时菜做砸了，就像失恋，充满失望和郁闷。

为一个自己所喜欢的人做菜，我会做他从来没有吃过的。如果一般喜欢他，我就一般地做。如果不喜欢这个人，我就不会做。

做与不做，取决于感情深浅。决定做了，再取决于材料，能不能买，取决于你拥有什么。

一句话，就地取材。

哪些菜放在一起，怎么做会好吃。做菜需要天赋，也需要技巧，跟写小说、画画或者做音乐一样，有基本步骤，有基本要领，有熟练程度和经验。把这些掌握后，才能做出有滋有味的美食来。

做菜也需要想象力，需要仔细专心，还要有耐心，把它做成一个艺术品。如果对这个人有美好的记忆，做的菜也会有这种情感在里面，那菜吃到嘴里，心里也有同样的感受。墨西哥魔幻小说《情迷巧克力》里面说到一个人如果怀着非常幸福的心态去做食物，吃的人可以吃到那种幸福感。如果你伤心欲碎，哭着做这个甜点，别人吃了，就想哭、想自杀。一道菜里能吃出厨师做时的感觉。这道菜放在你面前，带有一种气息，品相舒服，你会感觉到舒服，品相难看，你会感到难受。由这小说改编的同名电影是朱丽叶·比诺什主演的，这部电影使我真正爱上巧克力，那是一种天性解放的快乐，很情色。

做菜不能三心二意，菜会糊，或者不熟，或者没味，不会达到期待的程度。炒一个青菜，同样的原料、同样的步骤，如果我心意不到，炒出来的菜会索然无味，如果我心意到了，炒出来的菜，会格外好吃。记得小时候母亲说，做菜一定要把心放进去，菜才好吃。

我不是每天心情都好，有时遇到不愉快的事，做出来的菜让我更加不快，那菜要么盐放多，要么油放多，要么菜烧得过久过烂。这种情况下，不管心里多么可惜浪费食物，最好也倒掉。吃一块浓情巧克力，心情变好后，重新做菜。

如何捕获那颗心

张爱玲说，到男人心里去的路通过胃。先抓男人的胃，再抓男人的心。

男人看重吃，相比吃，女人更需要性。说这话的朋友，字字珠玑，可是打动不了我。因为吃与性对男女是一样的重要。

男人的胃容量很大，仿佛有很多个胃，变化多端。光吃你这一种食物是不够的，男人今天喜欢辣的，明天喜欢甜的，后天喜欢酸的，再后天喜欢咸的。男人对女人的喜欢是多层次的。

一个女人要做多面女人，才会通向男人的胃，赢得男人的心不重要，让他不敢轻视你才重要。

沈宏非说，凡生于三年困难时期的好男好女，胃口总是比其他年份的人要好。那些饥饿年代出生的人，具有“饥饿年代馈赠的天赋异禀”。

他的看法不无道理。二十世纪七十年代出生的人，稍微能感觉到饥饿年代物质的贫乏，八十年代、九十年代出生的人，对饥饿年代就没有感觉了，尤其现在食品富足丰盛到把牛奶倒进河，汉堡包、比萨饼、肯德基，什么西方快餐皆可吃到，家里不太宽裕的，要想品尝也能做到。

像我们这一代，生在六十年代，即使有钱都买不着食物。有一天北京电视台让我教人做比萨，普通百姓家里没有烤箱，可他们喜欢比萨，不能经常到店里消费，所以，我教他们用平底锅做比萨。

黄油鸡蛋和少量自发粉混合，加入牛奶和面粉，揉好面，发好面，饼底做好，得注意馅料，可用肉、海鲜、蔬菜和水果。据说马可·波罗从中国回到意大利，带回中国人做的葱油馅饼和面条，可是他做饼时忘了如何把馅放在里面，就索性将馅放在饼上。一个没有盖子的馅饼，便是比萨的由来。

关于比萨，也有另一种说法，三千年前在古希腊、古罗马，人们喜欢在面包上加点东西吃。在十八世纪这种饼是那不勒斯穷人吃的，并不上桌，只放西红柿和橄榄油，放各种奶酪。奶酪是比萨的灵魂。渐渐地，这饼受到越来越多人喜爱，也列为美味正式上桌。在罗马，这饼不放西红柿，只放洋葱和橄榄油。

一九三五年，英国小说里出现了比萨。二战时因为美国士兵把比萨带回美国，才是什么东西都可放在比萨里。我查不到比萨进入中国的确切时间。重庆解放前，我母亲跟袍哥头子进重庆最高级的心心咖啡馆时，没有比萨，母亲记得她吃了罗宋汤和羊排。估计在旧上海有比萨，也只会在二十世纪四十年代，由意大利人带入，但不是一般的西餐厅能吃到。一九九〇年，第一家美国必胜客的比萨进入北京，之后才有真正的手抛意式比萨进入中国，被老百姓所知。

我知道比萨是在英译小说里，真正吃它，是一九九一年到英国后。一般中国老百姓对比萨没有概念，即使现在能在餐馆里吃到，想自己做，也不知如何着手。我在北京电视台教大家做比萨，后来遇到一个读者她看过那期做比萨的节目，谢我，说她现在能给儿子做比萨了，省了去必胜客排队的麻烦，还很便宜，想吃什么口味都可做。

那个厨娘虹影

看到网上讨论虹影与厨娘的关系，好些网友说与他们心中原有的虹影形象对不上，她怎么会成为一个厨娘？

还有人说，在电视上看到我做菜，穿白色夏天衣服，胸罩带子露出来了，无耻而美美地笑着。还有人看到我说，喜欢美食，以前也好酒，有家后就不喝酒，只抽烟，说没想到虹影这么颓废。

也有人说我是八十年代文艺圈里流浪过来的，他们未能躬逢其盛，光想想就觉得很灿烂。他们说我对自己的解放，与某个男人对自己的解放，是不一样的。那男人大概更是中西文化夹缝真空里的失重运动。他对我也公平，婚姻开放。但是他不要小孩，这就产生了矛盾。

像十多年前，我的小说《K》因为淫秽内容被法院禁掉时，很多人认为我是一个坏女人，根本不进厨房只会吃餐馆的女人。我写房中术，就是只关心房中事的作家。我写婚外恋，认为我就是一个婚外恋者。

亲眼所见才是真，可人就是喜欢道听途说。

每个人都有发表自己意见的权利，但很多人就是会被人牵着走路，没动脑子。做菜也一样，人云亦云，没动脑子，做出来的菜肯定难吃。

我本性喜欢去山里乡间看看花、看看草，更喜欢过一种自给自足，发电、挖井、种菜的生活。

做做菜，打扫打扫屋子，按照自己的心愿布置房间，这是挺幸福的事。女人应该回归家庭，回归厨房。很多女性朋友说，回归厨房很麻烦，是否太贤妻良母了。其实回归厨房，我们女性不是丧失了很多权利，恰恰相反，而是掌握了这个权利，你掌握了人家的生死大权。

还有人说，我做厨娘和写美食文章，写好，不写更好，把那个勇气非凡的敢说真话的虹影给模糊了。

可是有一天在我的美食新书发布会上，京城真正的美食家沈昌文老先生幽默地说，写美食好呀，虹影从“饥饿的女儿”发展到“温柔的厨娘”，反映了我国三十年来的巨大进步。

我呢，只想说，从厨房开始，女人更像女人。从书房开始，女人更智慧。有厨房又有书房，女人会更健康。

食物让朋友更亲密，让家庭更温馨。如果和自己的另一半，吃都吃不到一块，怎么在一起生活一辈子呢？

能做酒肉朋友，也是一种福气。有些人认识了好些年，吃过之后，才发现根本不能做朋友，生活态度，对未来、对世界的看法不一样。

生活不是每天都处于快乐之中。难受时，厨房是我的避难所，想哭的时候，就到厨房做一道特别辣的菜。辣能带来一种快感，让我快乐起来。

六岁上学前，我被母亲送到忠县农村大舅家里。以为母亲从此不要我了，本来很难过，但乡亲对我很好，用过年吃的蒸肉来招待我，还有凉拌木耳，搭配起来太好吃了。当时就想，母亲不要我都可以，只要有吃的就行。可见吃对我来说有多重要，甚至可以安慰我失去母亲的心。

厨房也是我向女儿传递爱的地方。女儿还不会走路时，我带她回重庆，和好些朋友一起吃饭。吃饭时女儿吃到辣椒，被辣得放声大哭，要喝水。可是喝完水后，她马上说，我还要。这是女儿人生的第一课。我希望她的美食记忆，从辣开始，渐渐认识这个庞大的世界。

在重庆，很难见到胖子，证明重庆人吃有段位，而且比较高。重庆人皮肤好，特别是女人，个个水灵灵，捏一把能掐出水来。重庆雨水充足，空气湿度大，好皮肤是由于他们不顾一切地吃火锅和辣椒、花椒，吃出一身热汗，体内的毒素和湿热都被排解掉了。

“美食”这个词

美食是一种色彩丰富的欲望，带有一种爱和激情，享受美食，如同享受最美的音乐、最美的诗歌、最美的一张画、最美的一道风景，干脆痛快，用最直接的方式，最无法忘怀的方式。

吃一道菜，这道菜有毒，你就会死。吃一种辣椒，比如印度灯笼辣椒，只要放两颗在菜里，你立即痛得在地上打滚。一道菜对人身体作用会到这样一种地步。相反，你正在生病，如果吃对了一道菜，两分钟不到，变得神清气爽，病好了。

美食影响着我身体每一部分。怎么吃，如何吃，是一门学问和艺术，对每一个人来说意义不同。我看美食，如同看男人，是生命中仅次于写作的最重要的部分。

写作和美食是紧密结合的。写长篇小说时，把自己关在家里，需要什么，比如米、菜、肉、鱼，打个电话，东西就送来了，买花也打电话，买水也打电话，买药、牙膏也是，完全不出家门。炖一瓦罐鸡汤，蒸一盒米饭，炒一个时鲜蔬菜，边吃饭边想小说细节。饭菜不香，自然也想不出好的情节来。比如说小说发生在二十世纪四十年代的旧上海，那时上海人吃什么呢？那时上海有钱人家的菜该是非常讲究，黄鱼做得嫩，香喷喷，牛柳青辣椒，刀工、炒工都没话说。上海本帮菜，无论在上海还是在其他城市的上海餐馆里，厨师把菜弄得黑糊糊、油糊糊和黏糊糊的，三个糊糊，什么菜都放很深很重的酱油，冲掉了本来的味道，可惜了。

我不太喜欢这样的菜，起码在我的小说里面，我不写这样的菜。但倒很多酱油，红烧肉又会很好吃。有时我做菜跟所写的小说相关，或者跟小说风马牛不相及。做印度菜，咖喱海鲜，让我的想象力飞升起来。用这样的想象力来写小说，益处不少。我写《罗马》这本书，吃过的意大利美食全在面前，这是一种魔术，把这种魔术融合在自己生活里面，融合在自己艺术里是大幸运。

很多人装修房子后会后悔，不到一年就砸了重装。我对生活细节挑剔，对装饰后的房子却没后悔过，一个地方也没换过，地毯、窗帘，越看越喜欢，地板选择特别淡的颜色，也不厌烦。一种非常简单的生活——整套房子像书房，对此，我心满意足。

以前写诗时时间多，常有很多朋友来吃饭，也喜欢给朋友做菜。写小说后，时间少了，不太爱给朋友做菜了。不过还是天天做菜，只是做给我喜欢的人。再说，以前年轻，到处飞啊，整个人都飞起来。现在各种各样的活动，包括我自己写作，时间被分割得一块一块，看书，作写作时必要的研究和调查，上网、看电影、看戏、朋友见面，全是利用零碎的时间。

美食是一个我永远舍弃不了的词，有它，我会快乐、幸运得多。我别无他求，希望这种幸运可以一直随我的生命保持下去。

女性养生菜

女子养生，可以说是修身养性，也可以说是营养健康，将身体中的忧郁弃掉，使人更年轻，更媚。根据身体状态来做菜，根据时令来做菜。

用玫瑰、菊花做菜，用瓜果、用最新鲜的时令蔬菜做菜，不必放调料，吃食物的本味。最好是定期排空肠胃一次，也就是空腹一日，只喝清水，然后喝胡萝卜汤或南瓜汤，放点鲜蘑菇在里面。喝这种汤，你心情会大好。

不同时令，做不同的食物料理。广州人这方面很讲究，比如鲜瘦肉野生菌炖鲍鱼。用柴鸡的鸡脚五只、大连鲍鱼连壳五只，瘦肉半斤，姜三片，野生菌半斤，洗净，倒入瓦罐，加泉水，先大火到水开，放入杜松子酒两勺，海盐半勺，小火炖一个小时。

干笋、章鱼、干海虹和花生煲龙骨，也适合女性食用，具有治疗虚劳伤惫、精血衰少、吐血久痢、肠鸣腰痛等功效。这道菜要选新鲜的章鱼，而不是冰冻的。洗好章鱼，切成片，龙骨也洗好，皆是半斤左右，泡好海虹和笋，放入泉水，再放花生、姜片，倒入伏特加酒两勺，海盐半勺，炖半个小时后，放入块状青瓜。

炖好时，先品尝一下汤的味，再放盐。盐少，汤味提不出来，盐太多，压住汤的鲜味，把握不住的话，最好少放盐。

有些人认为女人在做菜时，和油烟打交道，皮肤得格外小心地保养。

我看不必要。一个女人，在厨房里面关了许久，出来会是红光满面。厨房如同桑拿房，悦已。这个地方用油、装修和买灶应该讲究，得有窗，可透气，灶要有抽烟机，做菜的油也要质量好的。油不好，厨房的通气不好，肯定对身体不好。

如果这些问题都保证了，一个女人做菜不是受罪，而是一种享受。很多人觉得做菜非常难，是一种折磨，甚至是受不了的事。大部分人把做菜交给保姆或长辈，其实是心态不对。

一个女人的厨房

看一个女人的厨房，就可以知道这个女人是什么样的人。

这话得从头讲。我小时候生长在长江边，在重庆南岸的一个贫民窟里。准确地说，是在一个大杂院里面。很多人共用厨房，厨房里什么都有，乱七八糟，窗子也是破的，屋顶经常漏雨，一下雨，得穿雨鞋或打赤脚。院子里的人自己凑钱买油毛毡盖上，才堵住了那漏风漏雨的洞。

那时候没有自来水，都得自己从井里或江里挑水，经常水桶堆得天井全是。用明矾清江里的水，节约钱。水金贵，洗菜后得洗衣洗鞋，若是谁把菜不小心弄脏，那就惹来一身祸，没完没了地被骂。

每家炒菜都看得见，不仅骂，倒霉的那家有充分理由去吃惹事的那家的菜。菜也金贵，一根泡豇豆，可以下一碗稀饭。一碗酸的稀饭可以发面粉，做一笼馒头。最早关于美食的教育，来自那些寻常百姓。

无米下锅，你就得想办法弄吃的，比如挖野菜来吃，到河里钓鱼。钓到一条鱼又得想办法怎么把这鱼保留一星期之久——那时没有冰箱——等客人到时，还是新鲜的。最好的方法是洗净、刮鳞、剖腹、去内脏、掏净抠鳃，抹上一些盐、花椒，吊放在通风处，等到下锅，或清蒸，或用剁泡椒烧，都跟活鱼一样细嫩、味美、可口。

他们对生活的热爱并不因为食物的贫缺而减少。傍晚时分很多厨娘厨爷在厨房里面忙碌，他们对食物那样倾心，让我特别感动。

那样的生活背景，给了我很多东西，造就了现在的我。

对一个作家来说，有一个房间写作就满足了。我呢，仅仅有一个房间写作是不够的，还得有一个厨房，我可以在那里一边写作，一边做菜。从很小的时候，我就想要一间自己的厨房。

第一，这厨房可以种一些菜，我喜欢香菜和薄荷，伸手就摘一片，西红柿种子放在盆里，浇上水就长起来了。新鲜的西红柿，拿起来就可以吃，也可以做菜。葱也是这样的，把葱种在灶台上，随手可摘。有一年姐姐来了，我们一口气种了十三种名贵玫瑰，也种了桃树和樱桃树，我们又挑了一个鱼池，喂了好些鱼。

这就是我喜欢的生活，有一块地种时令蔬菜，有一个敞开的大木柜放各式好看碗盘，有各式瓶子罐子可放各种花朵和树枝。

第二，朋友亲人坐在厨房里，他们和我一起边交谈边享用美妙的食物。

这也是我喜欢的生活，听朋友们说各种奇遇，讨论现世的各式问题，寻找答案，或是期待答案产生。

厨房可治愈内心伤痛。不过很多人的厨房让人不舒服，乱糟糟的，不该有的东西都舍不得扔，油溅得到处都是，不清理，时间久就脏，垃圾扔得到处都是，还有各种怪味。厨房应该是整洁、有条不紊、随心所欲的地方。厨房跟闺房相似，是让你好好休息、做白日梦的地方，让你在此找到自己。我们到很美的大自然中觉得舒服，被吸引，因为在那里你自由。

就在我写下这些文字后，去睡觉，马上进入梦里。我是一个二十岁的姑娘，坐在长途汽车里，车上有一家人，其中有一个男孩，抱着男孩的女人坐在我边上。车子继续向前，停在一个大峡谷或是海边，我发现脸上有个刀疤的男人开着车来接那一家人。我害怕地下车，爬陡峭的山坡，有一根树丫，一抓就断了，我险些掉下去。赶紧回来。远处有房子，稀稀落落，我朝那儿走去，有一种生灵吸着我的右手掌，初看像海豹，细看是一种狗，我丢掉，又被这东西吸着，我狠狠地丢。当地人围过来。我朝长途汽车停靠的地方跑去，心想万一车子走了怎么办，还好车子没走，停着，那儿有好些水，已淹着下面的路。我去那儿，看到女人躺在路边在哭，她说他们抢我的孩子呀，那是我的孩子。我现在又饿又累，这车子又不走。我问另一个乘客，他说这儿没吃的，只能自己找吃的，明天早上车才开。我说那我们去当地人家里找吃的。一家家找去，那家根本不是家，像临时搭的帐篷，男人站在门前，瞪着可怕的眼睛，说我们也没吃的，除非我们留在肯尼亚当性奴。肯尼亚，性奴，我蒙了，我是要去卡萨布兰卡，那个同名电影里有英格丽·褒曼的摩洛哥呀，我的肚子开始叫了。

我饿醒了。好幸运，不在那个肯尼亚。

这个白日梦不太美，但衬托了现实：一个人拥有身体自由的权利，还有温饱的生活，能有一个干净的厨房，相比梦中那个年轻的我，算幸运者。

有爱情在厨房里，那这厨房就被赋予了神奇的力量，做出来的菜跟平常不太一样。做一道好菜，跟找一个好男人一样，并非易事。那么多人可以做菜，并不一定能做出绝美之菜，如同你可以找很多男人，未必能找到最中意的男人一样。

厨房，有着人性爱窥视的好奇心。北京很多餐馆是开放式，比如君悦、俏江南。国外餐馆厨房要定期经过卫生鉴定，让顾客放心，给客人保证：我这餐馆完全符合卫生条件。其实厨房卫生靠自觉，即使开放式，不卫生一样不卫生，并不是说看见这个东西干净就是干净。从你挑选食物就得注意，这香肠是不是无毒腌制，从什么地方进货，过了保质期没有；比如说用的酱油、醋、辣椒，是什么公司生产的，是否符合卫生条件；冷热菜板是否分清楚，经过高温消毒；新鲜蔬菜洗掉农药没有；昨天的凉菜是否今天接着用。很多具体问题，顾客看不出来，而是靠餐馆经营者严格把关。

若对一家餐馆不熟悉，我会查看餐馆的厕所，厕所干净，厨房也会干净。反之亦然。也可看侍者的服装，衣领、袖口都有污渍，那么厨房肯定有问题，食物不会卫生到哪里去。

在家请客，我一般会问客人爱好。若是第一次见面，我不了解他的情况，会问得详细一些，比如有什么喜好，不吃什么东西，身体好吗。有人咳嗽，我会问是不是感冒了。要根据客人的情况做菜。

客人若是熟悉的朋友，我知道谁爱吃荤菜，谁是素食主义者，会专门为他做。有人不吃大蒜；有人不吃椰汁，吃了椰汁会马上晕倒；有人不吃坚果，吃了会中毒而死——必须避免。若只根据自己的爱好做菜，不考虑吃的人，那么会出大问题：本是一场欢聚，结果无意酿成了悲剧。

女贵族必备的三件奢侈品

不识我之人都以为我爱复杂，其实我喜欢凡事简简单单。

作品靠什么物质制造？三种物质：面包，水，电脑。

其他都是非必要的物质。

面包最好有葡萄，有最好的橄榄油。

水最好有气泡，冰冰的，把心中的那怒火和怨气都浇灭。

电脑越先进越好。我每过两年就想换电脑，只能与家人轮流换。在作家中，我马马虎虎算个电脑通，有电脑上的问题也是自己修。

物质落差带来许多羞辱，这与物质本身没有关系。我是在重庆贫民窟长大的。我想我们的祖先，达官贵人，大部分人过的日子几千年如此，他们没有感到低人一等，因为当时的富人家也没有卫生设备、浴室、空调。

羞辱是拿自己与别人比出来的：别人坐头等舱，而你不能。别人吃外国牛排，而你不能。别人吃生蚝和龙虾，而你不能。物质当然是必要的。有物质才能蔑视物质，但是很多人有了物质却更崇拜物质。我认为，人生意义如果落在这种“落差”上，羞辱就是自找的。

我喜欢白色，喜欢的房子内部色彩几乎都以白色基调为主，更喜欢与这些白色联系在一起的人，还有那些有年代的书桌和书柜。

重庆老家的堂屋，那些门框、木梯、阁楼的窗，雕有花瓣。记得我家以前有一张架子藤绷子床，小时候父母都不准我上去。几十年后，等到我家换新房，家里哥姐想给父母换新式床。远在异乡的我知道后就对母亲说，这床千万别扔。

母亲叫人把老床拆下来，好好放着。可有一年我嫂子把这床搬走了，我知道了很有些伤心。与朋友逛北京燕莎附近的古董字画作坊，看见一个还没有我家架子床漂亮的床，竟标出不可思议的价来。我想怀旧之人不止我一个，不同的是他们标了价而已。

我喜欢用白色的餐桌、椅子和餐巾，这样当精心做好的美味放在精致的瓷器里端上来时，胃张开，吃一口，说，今天我可以爱这世界，即便世界明天坠落。

吃好才能睡好，睡好才能写好

有一次应国内出版社邀请，和几个作家朋友一起去长城脚下，在一家赫赫有名的餐馆吃工作午餐。那地方漂亮，可是做的菜看似过夜菜，牛肉削片泛着黑色，熏鸭肉是北京大超市口味，难以下咽。有美景没有美食，真是遗憾。

出版社的车送朱文和我各自回家。路上问司机中午的饭菜如何，他说像在大食堂吃快餐，没有感觉。

这种时候，快餐恐怕比所谓精心准备的大菜能下咽。

我快要过生日，好友说，这次你不要辛苦做菜，我们几个朋友到外面吃。他建议去一家新开张的海鲜店。我不放心，决定先去踩点。看着虾仁白菜、海螺上桌，尝了，海螺像抹布，味同嚼蜡。其实新鲜的海螺不需要放什么调料，蒸熟就好，清炒也绝不会差。

印象太差，恕不点名。

出版社S女士编辑我的一本中篇精选集，赶时间出版，约好去出版社吃饭。临时有事，晚了一点，请她先吃。我办完事，接到电话，说是在一家台湾人开的名气不小的餐馆。我一听，顿时没有胃口，因为吃过这家餐馆。

赶过去，S端坐，边上还有她的客人一男一女。桌上有凉拌豆腐干、葱爆腊肉、梅菜扣肉。一一尝过，豆腐干放了一点酱油，好像在学日本料理，却是不到点子上，本来有咸味，加上酱油就咸得难下口；腊肉是咸肉，薄薄几片，放了好多葱，像七八十年代南方人到京城吃肉炒蔬菜，只有肉沫子。当年肉靠票限量供应。桌上还有一道梅菜扣肉，看着不错，可入口比罐头都不如，梅菜丝毫不香。

边上一位男士好心地用他的筷子夹了一块扣肉到我碗里。第一次见面，彼此不知喜好，且用刚进过嘴里的筷子给人夹菜，我忍住了才没有皱眉，这块肉当然不敢光顾。菜不好，店名也随即忘记。

最近一年里到过的餐馆无数，好餐馆太少，最喜欢的首选鼓楼后街一个四合院里的私房菜：云南鸡汤米线、魔鬼烤鱼、葵叶包带子、酸菜红豆汤，令人目不暇接。云南火腿最好，用鸡汤蒸制，瘦肉红如樱桃，肥肉闪亮透明，不腻，入嘴满口香。

京城美食家黄珂先生和诗人好友二毛开的天下盐，是家四川餐馆，道道菜地道，鸡杂锅、牛肉青菜锅、黄氏牛肉汤锅，这几道菜吃了绝不会后悔，久不去会想念。

丽都广场的渝乡人家，是北京城几家连锁店里（我都尝过）最冒尖的。这儿的回锅肉是四川咸菜附着白馍，特制的青菜心竹笋汤比鸡汤还鲜美，感冒了喝，立即好了一半。在顺义有家四川自贡盐帮菜，叫懒人业余餐厅，是我一个爱艺术的朋友三哥开的，他与我多年不联系，有一次在网上联系上，叫我带几个好友去品尝。结果一吃爱上了。可惜三哥突然有一天走了，这家店被其好友盘下，继续发扬光大，幸存下来。这家的红烧肉要先打电话预订，否则就吃不上。还有一些自贡家乡菜，没法挑刺。

胡萝卜串凉拌是绝活，好吃到想亲手做这萝卜串了。把胡萝卜洗净，不切断，要有刀工，若没有这技术，放两双筷子在萝卜两侧，斜切，不切透，然后翻转，一样放筷子切，拉串，然后用线系串头，一串串挂在通风的地方，让风对它细语三到四天。摘下撕段，温水泡，洗净，拧干水后，加蒜泥、姜汁、小葱、油辣子、酱油、花椒油和少许盐。这道凉拌菜，得加很少一点儿糖，我发明再加一点儿橄榄油，味道更特殊，再加一点新鲜的柠檬汁，那就下饭极了。如果就着老豆腐青菜汤喝，绝对减体重。

不信，你试试。忽然想起十八岁流浪全国遇高人传授写作秘诀：吃好才能睡好，睡好才能写好。

○ 辣椒牛肉

○ 酸糖腌黄瓜 ○ 紫菜胡萝卜三文鱼饭团

○ 鲜鱿苹果沙拉 ○ 刺身调汁 ○ 小茴香龙虾沙拉 ○ 自己钓的马鲛鱼

○ 奶酪西红柿 ○ 三文鱼刺身 ○ 萝卜泡菜 ○ 松子沙拉

一个吝啬鬼做不出美食

世界上只有两种人写小说，一是不幸的人，二是懂得争取幸福的人。如同只有两种人懂得美食，一是最有钱的人，他们有条件吃到世上的美食，二是最穷的人，他们挖空心思想办法把粗饭淡菜吃得美味一些。

美食就是一种美和爱情。如果缺了这两样东西，食物仅仅是一种可以充饥的东西。如果拥有这两样东西，做菜的人会快乐，有时如重获生命。女人喜欢衣服，衣服其实就是女人的影子。女人也喜欢做菜。以前世界上著名的大厨师大都是男人，但时代变了，有更多女人厨艺超群，人美能出镜，又真正懂美食。像帕德玛·拉克希米，她是印度裔美国食谱作家、模特、电视节目主持人和制片人；像凯瑟琳·麦考德，以前是超模，后来创立了美食网站，教父母快速给孩子做菜；像第一个在英国掌舵米其林三星餐馆的女厨克莱尔·史密斯，多年向高手取经，后自创一格，她在伦敦诺丁山开设的餐馆Core，也获得米其林二星，所用原材料来自绿色食物，用感官记忆，重塑味道，非常特别，道道菜不仅美，而且非常性感。

美食家泰丝·利斯特既年轻，又美貌，我在去年年初读到她的《一把面粉》，被深深吸引。甜食的水很深，我一直有所畏惧，这本书讲了关于有机面粉如何烹饪，面包怎样做才会更美味，于我而言及时而实用。泰丝从小在父亲约翰·利斯特的有机面粉希普顿磨坊长大。在伦敦做了几年律师后，她决定改变生活方向，转往她热爱的食物。泰丝一边在希普顿磨坊工作，一边在伦敦北部一家面包姊妹公司工作。《一把面粉》是她的第一本食谱书，里面有很多受经典食谱启发而改进的简洁食谱，又有新鲜和现代的变化。希普顿磨坊是她父亲于一九七九年在距离伦敦不太远的一个废弃的地方创办，受到许多人的喜爱，曾出现在多个电视节目中，包括BBC节目《雷蒙德·布兰克的厨房秘密》，米其林星级厨师曾在它的烹饪学校任教。约翰一直与英国王室有合作，给查尔斯王子的海格罗府做食物顾问，并提供相应材料，声誉在外。

新冠疫情开始后，因为隔离，英国大小商店购不到面粉，英国人又离不开面粉，做面包、比萨、甜点，都需要。知道希普顿磨坊的顾客，给他们写信要面粉。因为需求量太多，人手不够，泰丝非常忙碌。但她不仅亲自回信，还亲自监督寄货。

二〇二〇年夏天，我们一家接受她父亲约翰的邀请，去他在苏格兰高西海岸莫尔岛的农场度假几天，约翰开车去，我们乘火车去。（亚当与约翰少年时就读同一所住宿学校，后来亚当上了牛津，约翰上了剑桥，两人的友谊一直保持着。）他的儿子乔和女友阿莉克斯也在，他俩大学毕业后也在磨坊工作。一家人开着船来码头接我们，担心我们饿，买了奥本最有名的土豆条炸鱼。这一家人爱美食，爱生活，同时能干无比。约翰带着我们，除了看当地宗教古迹，还品尝当地最出名的威士忌，专门去了艾奥纳岛看女修道院，那儿虽然已是废墟，但美丽依旧。圣徒科伦巴在五六三年登岛，在苏格兰传播基督教，著名的《凯尔斯之书》便是在这座小岛上完成的，他死后葬于此地，附近墓地埋葬着四十八位苏格兰早期国王，包括莎翁悲剧里的麦克白。我们步行了长达三小时，在白沙滩和四百万年火山与地震留下的奇景中穿行。

有一次去一个有各式奇特甜点面包的小岛，要先将船停在深水处，坐船上的气垫船上岸。船需要钩住一个固定的桩子，因为那地方水流急，一不小心，船就会掉头重来，来来回回折腾了半个小时，这等耐心和毅力，一般人做不到。我们也在艾奥纳岛从当地渔夫那儿弄到龙虾，最好的部位做刺身，其余部位用半杯当地白葡萄酒焗，调上柠檬汁、蒜片、酱油和橄榄油。这是我做过最爽的龙虾，与北美的龙虾相比，肉质鲜嫩，自带微微甜味，入口便化掉，带你进入绝妙的梦境。

在苏格兰这几天，通过与约翰一家相处，我从他们身上看到，他们赋予食物灵魂，对生命、对生活抱持乐观态度，并将之传递给亲朋好友和更多的人，他们值得我敬佩。

能做一手绝妙好菜的人必然心胸宽广，甚至慷慨。想不出来一个自私透顶吝啬至极的人，能做出一桌好菜款待客人。

调料像小说的细节。如果细节不好，那这小说肯定不好，如果细节破坏其他细节，小说会糟透。反之会使这小说更精彩。

调料放得好，食物会更好，放得不当，会毁了食物原来的美味。什么时候放什么调料非常重要，我反对放味精、很重味的酱油，盐放好了，味道就会好。

色、香、味三者不可缺一。任何东西都有自己的色，怎么起到视觉上的作用，这是第一步；嗅觉，即香，保持和发挥这香，是第二步；色、香、味三种，味道最重要，有味道才有香气，有了香气才会去观赏那色。设想色彩再丰富，如果既没有味道也没有香气，这道菜就是塑料的花，不敢启齿吞下肚。

第四辑

厨房之舞

厨房之舞

小时候家里不仅像囚室，生活更困难，不可能拥有单独的厨房。一个院子十三户人家，有两个厨房，一大一小。我家分在大厨房，与院子后部的人共用。那厨房差不多二十八平方米，炉子一个个并排着，还有三个自搭的小炉子。墙被熏得黑黑的，灶神爷无人烧香，已经面目全非。每家靠柴和煤球烧饭，灶面脏，三合土的地面也脏极。不过厨房是院子里最热闹的地方，东家偷西家的菜、盐、煤，吵一场恶架，肯定免不了，甚至边吵架边做饭菜，是常事。

那时我就想：有一天我要拥有一个真正属于我的厨房，不必每天蹲在灶坑前煽火，不烧煤球，要想有火，按个键，温暖的火就来了；锅碗筷盘子皆有，鱼鸭鸡肉新鲜蔬菜不可少。这厨房包容了那个脸色苍白的少女的梦想。

多年后，我到了英国，在伦敦郊外，凭写书的稿酬拥有了自己的房子。这房子有一个大玻璃房。我自然也拥有了一个自己的厨房：有抽油烟机、洗碗机、微波炉、大小不一的柜子、两个冰箱，应有尽有，切菜的地方很宽大。厨房非常亮，挂了三幅北欧流行的超现实风格的画，靠窗的地方挂了一个铜框灯，阳光照射进来，灯上的玻璃泛出许多颜色。站在这儿，可望见花园。一回头，正对着的墙上是一个铜铸的老虎面具。

厨房和饭厅本来有一个大窗口相连。入住后第一件事就是把厨房和饭厅隔开，将一块很大的玻璃放在中间，玻璃可移动，直接从厨房里把饭菜递到饭厅，像食堂的厨子通过窗口往外递菜。久看腻之，我嫌别人可在厅里看见我在厨房里面做事。于是，我就放了两个书架，从厅里往厨房里看都是书，我却能通过玻璃看见饭厅的人，既神秘又有偷窥的感觉。

厨房好像是我的闺房，带有“女红”色彩，只有跟我亲密的女友，才让她进来，绝对不喜欢男人到我的厨房里来。唯有我的爱人除外，他偶尔会在我做饭的时候待在厨房里面，一般都是手里拿着书，坐在独凳上，边看书边跟我说话。

我喜欢做菜，边做边打扫，做完菜后，厨房干干净净，可以赤脚跳舞。若有客人来，我不会把菜一下子全端上来，而是一道一道地上。我喜欢让人不停地吃最新鲜的、带些羞涩的菜。不了解我做菜的客人，都以为马上就快没菜可吃了，他们觉得我真吝啬，就那么一点点。可一会儿，他们的眼光变亮了，心也放平稳了，待我菜上第三道的时候，他们想吃都吃不下了。

我做菜从不放味精，情愿费工夫熬骨头鸡汤做调味，有的菜在下锅前放，有的菜在放油之后，有的菜在炒的时候，一般都不在菜快上盘时放，否则味道不如所斯望的。放盐却很当心，比如炒肉片，在最先搅和淀粉时把盐放在里面，但人说这样肉会非常的老，不过稍放点香油在里面，看好火候，肉就不会老。

我做菜从不看菜谱，看菜谱做菜会失去想象力。我蒸饭也跟别人不一样。西红柿的皮剥掉之后，一切为二，放在泰国米上面，用过夜茶水，再加点橄榄油、盐，饭蒸出来，香气四溢，颜色好看，有一点酸酸的味道，米粒不硬，也不黏。

又比如做茄子：先把茄子洗干净了，放在锅里煮。十分钟后，熟了，撕成一丝一丝。茄子有一个把儿，其实也挺好吃，不要扔。把茄子丝装好盘，放点醋、糖、香油、蒜、辣椒油和花椒油，一拌，就可以吃了。

胃疼的时候，用牛奶煮大米，煮成粥吃，胃就会舒服起来。感冒的时候喝苦瓜鸡汤是最好的：把苦瓜的籽去掉，苦瓜切成小方块，等鸡汤快好的时候放进去。但不要吃里面的鸡肉，汤是非常清淡，不苦，喝了还想喝。夏天适合做南瓜绿豆汤，把南瓜和绿豆放在一起煮，又解暑又美容。

有时去闺蜜家，她会偷个懒，让我做菜。看什么料做什么菜，海鲜火锅、烤鸭子、凉拌菜、素炒蔬菜，海鲜火锅也可变成牛羊肉火锅，烤鸭子也可变成烤鸡，不是垫黑木耳就是粉丝。

吃不仅仅是充饥，也是一门高超的艺术。吃的学问太大，保持吃的欲望，吃得好，吃得妙，吃得有文化。有女子为了减肥，喝难喝得要命的减肥苦汤，给我的感觉就像这人不懂做人的乐趣，也不懂得吃，如此痛苦不堪，又达不到瘦身效果。可怜的人儿，枉来世上一次了。

在饥饿中活过来的人，对美食永远饥饿。饥饿影响了我的一生。我一向吃得健康，重质量、有快感。之所以用“快感”而不用“幸福”、“快乐”，是想强调与食物相遇那一瞬间的感觉：随心所欲，独一无二。

菜谱问题

我从来不看菜谱。有个著名的厨师，写了一本书，说一个人一生应该做两件事情：写一本食谱，再种一棵橄榄树。

这两件事情我都没有做。因为我从来不相信食谱，经常有朋友或认识的人，说他按照食谱做菜，我不以为然，熟的朋友，我会马上反对，不熟的朋友，我便什么也不说。食谱对一些人是起到ABC引导，对食物喜好到了一定程度的人，不需要，因为那是教条，限制人的想象和创造力，做菜恰恰就最需要这想象和创造力。橄榄树我没有种过，但在我心里一直有橄榄树在生长，那在阳光下闪耀变化的细叶，片片都像羽毛在飞舞，随风摇动，将上帝的祝福传达到人间。我有一种橄榄树的心态，以这样的心态，做任何一道菜，我都要求做成最好。

我有一个女朋友嫁到了德国去，先生是个美国人，建筑师。她跟先生在吃上面合不来。我问她为什么合不来，她说先生喜欢做菜，做一道沙拉，会按菜谱拿计量器量，沙拉酱放多少，橄榄油放多少。做一道沙拉花一个小时，并不好吃。她就说不该这样做，应该随心所欲，根据菜的量来放，比如这道菜想做成酸味那就多放柠檬。

结果每次两人从做菜开吵，吵到文化历史上，吵得一塌糊涂。女朋友说，看来最后他们只有一条路可走，离婚。我不看菜谱，可是心里有计量器。从小生活在身边的那些人从来不用计量器，也不会看菜谱，为什么呢，眼到手到，经验到家了。

意大利人也一样，中国人跟意大利人很像。以前没到意大利人家里去，今年旅行我去了好些意大利人家里，看到他们七八岁、十一二岁的小孩，参与父母做菜，站在锅前，建议在做意面的母亲：应该多放一点奶酪，应该再多放一点橄榄油。

意大利任何餐馆都不排斥小孩去，大人小孩一视同仁，所以，很小的孩子就会做面条和牛排。四川人家里，小孩也可以炒一个蛋炒饭，丝毫没问题。京城里请做饭的阿姨都愿意请四川阿姨，就是一个证明。

意大利鱼

二〇〇六年，我在意大利写《上海魔术师》终稿，住在旅馆里。

刚开始吃餐馆里的意大利菜觉得好吃，可吃了一个月吃腻了，想换一个口味。朋友费昂拉听说我做菜不错，她与丈夫慷慨地说："到我们家里来做吧。"他们是英国人，家里有两个客人，也是英国人，经常为人权而上电视，加上我和A，一共六个人。

A特别想让我看一个教堂，像电影《英国病人》里十四或十五世纪教堂里的画。我们先到一周才有一次的鱼市场，买好新鲜的鱼肉，放到朋友家，然后去看画。A开车，回来路上一直堵车。费昂拉说七点半能到，结果我们到他们家已九点过半。他们从七点半等到九点半，等了两个小时，非常生气，尤其是那对上电视的夫妻，他们在边上嘀咕："我们吃过世界上绝大多数好餐馆，为何非要等这个人做？"

我当没听见。我开始刮鱼鳞，剖鱼肚，烧水，鱼洗净了，把鸡肉放进滚烫的锅里，然后配料，用山里的蘑菇做鸡汤，做鱼，做意大利面。等到蘑菇鸡汤上来时，我一共用了二十分钟，然后意大利面上来，沙拉上来，然后鱼上来。那个女人嘴刁，不屑地用勺盛汤，喝进嘴里，隔了好一会儿，她舒了一口气说："值得等，值得等，这是我这一生喝过最好喝的汤！"

等我的鱼上桌，她尝过鱼后，叹一声气，感慨道："这是我一生吃过最好吃的鱼！意大利鱼！"

一屋子里的人听了，都笑了，笑她那个满意的神情和用词极寡。

她亲眼看见我做。事隔好久，她在我新版的英文版《饥饿的女儿》出版时写了前言，说到我书的力量和做菜的力量，说我就像一个小母亲一样，为饥饿的人准备食物。

回到那天的鸡汤，那汤味道好，不在于鸡，而在于那山里的蘑菇，价格也高于平日蘑菇三倍，不必放任何料，甚至盐都不必放，就鲜美无比。那鱼当天从海里打捞出来，运到鱼市场，无比新鲜。我的配料是意大利火腿皮，店里都不卖，而是扔掉。我还用了橄榄油泡的辣椒，味道像四川泡菜，酸酸的，有点儿辣。只要不把鱼煮老，就完美无憾了。

费昂拉夫妇是英国高级法官，丈夫收藏艺术品，在意大利的两幢房子里全是大油画，他知道所有树的名字。费昂拉迷恋读书，连《宇宙的答案云知道》这种书也不会略过，她的头衔罩着一个Lady，是处女座，嘴刁到可以和我媲美，也是个地道的吃货，也能做，从此之后，我们尽可能地见面，在一起吃喝，聊天。

用煤油炉子做菜

吃过我做的菜的朋友并不多，因为我太爱清静。

在一九八〇年吃我做的菜的人特别多，那时我每到一个地方，就到一个地方做菜。记得一九八九年我在北京读书，正巧遇上大事件。大事件之后，大家各自待在一个地方，天天听收音机，从短波里得到新闻。另一个消磨时间的方式就是读武侠小说，或急着出国寻找另外的出路。

研究生、博士生住在一幢楼里，结婚的、没结婚的都住集体宿舍。食堂的菜很难吃，他们在走廊上用煤油炉做菜，做的菜也难吃。那时我不能回家乡，便借住在朋友宿舍。我们吃食堂的饭。应该说，食堂的饭很不错，但是天天吃同样的菜就腻了。他们想自己做菜，购了一些菜回来，在走廊里点煤油小炉子做菜，看着他们不太会做菜的样子，我说："能不能让我做？"

他们看看我，不像会做菜的样子。

我说：“给我一个机会吧。”

他们同意了。我做的是大蒜丝爆炒黄鳝片。未做完，满楼的人跟着香味跑来。我一回头，哇，身后全是人。我吓坏了。他们笑嘻嘻说：“不着急，我们耐心等着。”

还没做好，就有人把筷子伸进锅里。后来成了我专职给他们做，他们去集市上买肉买菜，清洗好后交给我，请我做。

从那之后，朋友们每天可以吃不同的菜。大家高兴，可以暂时忘记现实。很多朋友前前后后各奔东西，一别就是几十年，有的后来见过，有的再也没有见过。

绝对不能忍受味精

亲近的朋友都知道我有一个习惯，一般不会请我去餐馆吃饭。

为什么？去了餐馆，我太挑剔，很快会发现这个餐馆的缺点，几乎每一道菜都有问题，常常把他们批评一通。朋友总是对餐馆一番挑选，也难尽人意。所以，最好我就不去。

有的餐馆菜好吃，却放了很多味精。这是我最不能忍受的。

味精吃多了，掉头发不说，也破坏食物原有的美味。做带子等贝类不必放味精，除非不新鲜有异味，那更不能吃。餐馆为了赚钱，把这种不怎么新鲜的海鲜加味精卖给顾客吃。

一个朋友听说我要过生日，建议我去一家新开的大连海鲜餐馆。餐馆装饰一般，桌布餐具还算干净，服务员身着旗袍整齐地两溜站在厅前下夹道等候。落座之后，服务员既不拿菜单，也不倒茶。

点菜后，等了好久菜才上来，举筷一尝，葱炒海螺片，片成了块，放了味精和大量酱油，很难吃。

我叫服务员来，对她说："这个菜咸极，味精这么多，你们厨师是怎么回事？"

服务员说："我们厨师很好。"

我说："刚才和你一起去称的海螺是活的，不必放任何调料，就很好吃，你们放这么多味精，海螺的鲜味都没了，除非你用的是死海螺。"

服务员看着我，怪怪地笑。

我问她笑什么，她说她没有笑。

我要她退菜，她又笑了。

我说："你是什么意思？"

她回答："退菜没用，还是原菜加工。"

我说你把老板叫来，她才收住了笑。

有一次，英国文化处在北京一处四合院宴请从英国来的一位官员，请了北京一些文化名人作陪，我也凑个数。我去晚了，原因是司机说那儿是单行道，半路就把我放下来了。我走路，找到那餐馆，宾客都到了。桌上菜也开始上了。那宫保鸡丁一看就是前一顿留下的，不仅如此，鸡还是冰冻的。入口一尝，味道更差，只有老干妈味，没鸡的鲜味。我皱鼻子。边上一个客人问我怎么了，我便说了原因。

结果听到的人吃了一口，都不吃那菜了。

好几道菜尝过来，大都如此。我不敢吃。连蔬菜也是如此。弄得请客的人说下回请虹影选餐馆。我倒不好意思了，我不是这个意思，本来吃这饭是应酬，不为吃饭。谁叫我的胃怪异，又有人要问我感觉，我就说了。掌嘴，下回不说了，最好对餐馆的食物保持沉默。

处女座天生是营养师

有一年夏天，我和一位英国作家到菲律宾去参加英国国家艺术部门的一个授课项目，到那儿的大学的创作系讲课，讲自己的书，一共半个月。日程很满，其中一项是学生们和当地的一位作家一起交流，地点安排在一个著名女作家家里。女作家是当地作家第一号，有一个特别漂亮的房子依山而立，面朝大海。女作家专门请人来家里做了丰富的自助餐。

工作谈完，到了就餐时间。每个人拿着盘子，排队自己装菜。有一道菜是一条特别大的金枪鱼，有五六斤，烤的，扮相好，香菜绕在上面。每个人都不会错过这道菜。我看着这鱼，有些害怕，觉得它对我有危险，俯身闻，闻不出什么味道，也没有鱼的鲜味。我选了边上的鱿鱼沙拉。第二天上午去上课，发现英国作家和两位教授都没来，创作班的学生也没来。

一问才知道他们生病了，拉肚子，拉得很厉害。我马上想到是那条大金枪鱼。后来问了那位英国作家和其中一位教授是不是吃了那道鱼，他们说吃了那道鱼。

那道鱼肯定有问题，可能是冰冻太久不新鲜，也可能是鱼虽新鲜，但是内脏没有取干净，染上细菌，又或者是家里老鼠咬过一口。我经常旅行，从来没有拉过肚子。食物对我有威胁或不安全，哪怕一杯茶水，我也会有感觉，这是天生的，我味觉好，嗅觉也好，我看得出食物好坏，也闻得出好坏。处女座天生就是一个营养师。

那些被人毒死的皇帝皇后，肯定不是处女座，否则就可以避免。

二〇二〇年夏天，我因新冠病毒在伦敦，几天前，伦敦政府也让人户外活动保持两米距离，餐馆重新开张。我与朋友陪孩子们逛考文特花园，她们去附近衣服店，我们坐下吃中饭。先去了一家冷清的，侍者把菜单拿来，怎么看，都选不出一道菜来，看对面The Ivy餐厅，屋外坐满。当即决定移到那儿。餐馆排队，我们选了靠近窗户的第一张桌子。

住在伦敦时曾经来吃过这家菜，印象是好的。菜单上来，有豆子汤，有虾、鱿鱼，有橄榄咸面包，有西芹、小胡萝卜和坚果沙拉，吃得高兴，孩子们来了，又叫了一道牛肉鞑靼，上面一个鲜鸡蛋黄。这道菜对牛肉要求很高，我若做，就会选最好的、适合生吃的牛肉，用杜松子酒和盐腌一下，放入一个小器具冷冻一到两天，然后取出，自然解冻后才开始手工切碎，加各种配料。如果没有好牛肉，可以用鲜三文鱼做这道鞑靼。

在The Ivy餐厅，试了每道菜都美味。一打听，才知道这家意大利餐厅于一九一七年开业，餐巾是精细的亚麻布，一下子就成为伦敦名流追捧的餐厅。一百年纪念会时，餐厅翻新，请了澳大利亚女歌手凯莉·米洛到场表演。厨师长加里·李出品的点心“The Ivy餐厅之窗”，据说灵感来自餐厅的彩色玻璃窗。我对孩子们说这家餐厅的洗手间很漂亮，她们听到马上到下面拍照。

洁癖不是病

我的厨房有书，是一些喜欢的国外厨师的书，很少看，偶尔看一眼，只是刺激做菜的灵感，更多的是放一些画册，或是幽默笑话书。厨房有花，有画，有照片，尤其是孩子和朋友的照片，会想起过去的好时光。

厨房是做菜的地方，灶上熬着汤，看着书，有时在厨房给孩子缝缝补补，做女工，把一段好看的花布做成一条围巾。厨房可以变成远比本有的存在更大的存在，如同卫生间一样，它并不仅仅是解决问题的地方，放上书和鲜花，也可以布置得很舒服。

经常有人觉得在厨房会弄得手忙脚乱。为什么会手忙脚乱？如果先想好要做什么菜，需要什么材料，准备好不就行了，慌什么？一个将军，要打胜仗，得有布置，得有规划，一旦着手，按着计划进行便可。更何况做菜不是打仗，不过是一间小小的厨房，一道小小的菜而已，即使做糟了，天也不会塌下来。说起来简单，做起来就不简单，一开始就得严格要求自己，多做几回就有经验。

在厨房我很放松。疫情开始后，我流寓伦敦，因为家里每一个人都需要一个空间，没那么多桌子，我就在厨房写作，这儿的窗对着伦敦眼，看着心里就宽广。

我喜欢干净，厨房如镜子亮堂，没有一点灰和油星。我有洁癖，这不是病，爱干净不好吗？记得小时候在重庆南岸六号院子，那儿都是工人，穷苦人，天井每天都有人在那儿清扫，若是有人泼了脏东西在那个水洞里，没用水处理干净，便有人开始乱骂。大厨房里，有那么多家在用，每家一个灶，比着干净，扔下一堆摘下的菜根就跑掉，肯定被骂。我母亲周日才从造船厂回家，我父亲带领我们大扫除，桌椅子搬到天井洗，楼上小阁楼的地板不是用拖布拖，而是用布擦净。在我印象中没一家人是臭烘烘的。

我有一个同学，她的父亲早逝，母亲带着两姐妹，家里简单却一尘不染，所有的东西都放得整整齐齐。

我对物品有平衡毛病，东西未放齐整，就要伸手去调，可能源于小时候的生长环境。我有恋物癖，我喜欢的一把椅子，或者一个餐具，会一直喜欢下去，有时觉得很奇怪，用了很久，怎么喜好没有改变呢？如果这个东西坏了，我会重新买同样的，如果买不到相同的，会买一个相似的。

我喜欢柠檬，喜欢橄榄，喜欢奶酪，用来做菜，怎么都变不了的，从第一眼看见，就喜欢上了，再没变过，就像对喜欢的人一样。

将进醋

都知道我喜欢吃醋。没见过我的人，知道我醋劲十足，与我有一面之交的人，更觉得我是在醋罐子里长大的。

男人怕惹一身醋味，由此决定不必与我打交道；女人躲我更远，以免不小心醋火烧身。

这样一来，我的生活清闲，冷观风花雪月，热对雷电狂雨，透过久远的历史，残酷的战争，重述心里一层层映像，在讲故事中度过平淡日子。写故事累时，给友人写写专栏，偶尔浇上浓厚的四川麻辣醋，让不爱我故乡之人，支吾得一言发不出。

说起故乡，都说重庆人“口重”。哪怕一碗普通的担担面，也要放十多种调料，辣椒、花椒、麻油、蒜、姜、糖、花生酱等一样都少不了，自然不可没有醋。重庆人做菜少不了醋，什么糖醋排骨、醋熘肉丝和白菜等。每家小店铺里最占地方的，就是一个大酱油缸，和一个更宏伟的大醋缸。

我小时候几乎天天只能吃泡菜，吃腻了，还是得吃。母亲长年在外做工，父亲眼盲，摸着换泡菜缸沿的水，常常把水洒在坛沿外，所以，家里泡菜较酸，夏天常用来做酸菜汤。那时全国经济紧张，生活困难，凭票买肉，肉稀罕得要命，无肉的漂着几叶青菜的酸菜汤，久吃让我倒胃口，恨酸味。当时我是酸怕了，决定逃离重庆，远走他乡。他乡再苦，至少可以与吃醋再见。

不料全中国人民都吃醋：北方人吃饺子，没有醋宁愿饿肚子；南方人宽容一些，吃馄饨，也要蘸着醋才香。到秋天，螃蟹肥大，非要姜丝和醋沾着吃，不然对不起被烧红的螃蟹。真是祖国大地一片醋香。

我却坚持初衷，许多年都拒醋远之，若无菜，宁愿拌酱油下饭。后来到了西方，食物不一样，英国的辣椒酱带甜味，着实不好吃，也将就混过去。欧洲好几国有特色醋，吹得好听，尝过只是酸，不是好醋，我依然不敢恭维。

一个人阅历丰富了，才知道年轻时有的叛逆心理实在是缺乏大包容之心。觉悟有时候来得很奇怪：二〇〇二年春天，到长沙签售新书《阿难》，出版社就在当地，对我照顾得很周到，美容足浴全套服务，吃饭每顿选不同的饭馆。

我很高兴，胃口大开。每顿饭虽不同，却必有一样上好的酒，比法国、西班牙、意大利名酿醇得多。赞美之余，我忍不住打听为何酒到湖南，就香味奇特、爽口滑润，让我精神也好，睡眠也佳。

主人听了高兴，说了不少话。我听出了湖南人的秘密：酒里兑了一种贵妃醋。原来湖南人闹革命，理由总与别人不一样。我的拒醋决心开始动摇。

回到北京后，竟然思之心切。查寻京城，竟无一店售之。在网上辛苦搜索半天，才找到一家店。只好打电话订了一箱贵妃醋，天天晚上当饮料喝。

后来与朋友一起到一家香港人开的饭店吃饭，首先端上来一种淡淡的清汤，味美如天外之水。喝了，又要了一碗。一问，结果是饭店老板自家酿的醋。

到东南亚一圈，看见柠檬的多种用途，也尝试了各种用柠檬做出的菜、汤和鸡尾酒，都是恰如其分的好。回到家里，我试着用青柠檬和黄柠檬做菜，酸味完全不同，青柠檬更鲜，黄柠檬酸味中性。用柠檬更能消除鱼、牛肉的腥味，加入沙拉或中式凉菜，更能提味，满嘴清香。

若是吃饺子或面条，加入柠檬汁，可保持饺子本来的美味。

为了试出柠檬的更多用途，我比较了一向受宠的贵妃醋，觉得柠檬味鲜，醋口感醇厚。

于是我下定决心，做一个沾酸浸醋的女人。说到底，不在醋罐子里游泳的女人，不能翻江倒海发醋威掀醋风的女人，肯定被男人看不起。世界秩序太乱，没有吃醋女人出来维持秩序，男人肯定弄得自己不想活下去。

偏爱做西菜

一个人的美食结构，与出生和整个童年相关。如果让我想到最美好的或最值得回忆的事物，我一定会说跟我的家乡有关，跟我的母亲有关。那长江水的波澜，在母亲肚子里，听着母亲的心跳，出生后看到她的模样，她说话的神态，她喂育我的眼光。

如果让我说最美好的或最值得回忆的菜，不用说，我会说是川菜。如果让我做一难度最大的菜的话，川菜对我来说没什么挑战性。

西菜中，地中海的或者特别少见的菜，对我来说有吸引力。

东西方在饮食上差异大，大多西方人不吃动物内脏，也不吃动物的手、头、脚。他们说吃这些很残忍，看见就不舒服。中国人认为动物这些部位肉活，好吃。西方人吃鱼，不爱吃鱼皮和鱼头，中国人就觉得鱼皮和鱼头特别好吃，鱼皮专门用来做凉拌菜或水煮。

中国人吃辣椒，吃稀奇古怪的东西，西方人喜欢黄油，喜欢特甜的糕点。我们吃甜点并非天天如此，汤圆也是过年时才吃，汤圆也不会像西餐甜点那么甜，那么多奶油。你让一个西方人吃一顿重庆火锅，他会觉得有意思，也许很喜欢，但让他吃一个星期重庆火锅，他会觉得简直是在地狱。重庆人若是天天吃火锅，顿顿吃，他会觉得是在天堂。

你让一个中国人在国外，哪怕是到意大利、西班牙那样遍地美食的地方，他也会想中餐到生病的地步。我认识好几个住在国外的中国作家，他们与我参加作家节，不吃西餐，要去街上找中餐，找不到的话情愿饿着。

很多饮食习惯有地域性，比如日本料理。二十世纪八十年代，很多日本料理在重庆开后不久都倒闭，生鱼片在重庆远远不如西餐火，现在少数重庆人能接受，绝大多数重庆人对生鱼片害怕，担心吃了会得病。重庆是内地，那儿的人对海鲜有种想象力，做海鲜时，要特别多的辣椒把海鲜的鲜味轰炸掉。

我这个重庆人偏偏喜欢日本料理，尤爱生鱼片，也爱做西餐。

我开始做西餐时，有不同国家的朋友品尝，法国人吃了，认为是法国的菜，西班牙人吃了，认为是西班牙的菜。后来我做西餐时，没人说是自己国家的菜，觉得有点像意大利菜，又有点像中东菜，这时我有了自己的风格，保持原味，又有创造。

做菜招待朋友时，常有朋友点菜，你喜欢吃意大利面，我就给你做意大利面，你更想吃重庆担担面，我就给你做重庆担担面。

别人或记者问我："什么是你的拿手菜?"

我没有拿手菜，对我而言，个个都是拿手菜。我不喜欢做重复的菜，即使用同样的原料，我也能变出花样来，比如说多加一点柠檬汁和少加一点柠檬汁，菜的味道就完全不同；是放在机器里打，或是用手挤，用在何处何时，菜也会不一样。

厨师不一定是美食家，美食家不一定是厨师，会品会评，但不一定会做，像梁实秋、周作人、汪曾祺和陆文夫那样面面高手的美食家很少见。

若吃好一顿饭，这一天我会心情愉悦，不然我觉得什么事情都做不了。吃对我重要，这与我出生、成长经历有关。饥饿是我的胎教，我在没有吃的年代出生，那是一九六二年，吃成了我最致命的一点，我所有的记忆都跟吃有关。我成长的时期，国家物质困乏，买肉买菜都要凭票，每人有一定额。吃白米饭都不可能，粮食也凭票，大米很少，大多是杂粮。记得小时候我家天天是老干玉米粒，放点米在里面，这玉米粥吃得我要吐。那时发誓，长大以后，若有条件，一定大吃特吃白米饭，大吃红烧肉和青菜。

在那样背景下长大，吃是一点也不能马虎的事。吃不好，怎么可以睡好，如果睡不好，怎么可以写好？老有人问我：“怎么你的皮肤那么好？用了什么特殊的化妆品？”

我说：“只要吃好睡足就行了，这是最好的一种美容方式。”

自治感冒的四种“药方”

北京城里每天有好几千人被感冒击倒，新年第二天，我就被好友传染上感冒，倒下了。发烧，头痛，咳嗽不止，猛烈时咳出血来，鼻涕长流，无法入睡，说话困难，连写字都困难。

我一向反对进医院，更反对用药，任何药都有副作用。感冒纠缠我最难受时，感觉呼吸都停止了。最惨的是还得参加出版社在三联书店举办的《上海魔术师》讨论会，我穿着大衣，不停狼狈地擦鼻涕。会后，出版社问刘震云一席人吃饭吗，刘震云说：“你看虹影病得这样，还吃什么饭?”

大伙儿各自打道回府。回府了，还得吃饭，这是我们活下去必须做的事。

扬州八怪之一、清代大画家郑板桥生病不会去看郎中、吃药，他在庭院里种了很多果树和蔬菜，将种植的枇杷叶摘下来，放入泉水里，用瓦罉慢火煮，煮好后加蜜汁喝。我父亲也是这种性格，他生病喝浓茶，加平时几倍量，第二天就好了。我用几块生姜做汤，放蜂蜜，早晚各喝两大杯。这是我采用的第一种“药方”。

第二种“药方”是用新西兰的茶油，放入水中，蒸沸后，倒入碗里，将嘴、鼻子贴近吸气，同时用大毛巾盖严四周熏，这样一天来回两次，每次半小时。

第三种“药方”是睡觉前蒸一个桑拿，洗热水澡，出一身汗后，换上舒服的干净衣服。

第四种“药方”是用老公鸡炖苦瓜汤，当饮料喝，吃青菜少放盐，而吃四川泡菜下米饭。

四种“药方”，可能一种就有效。我四种“药方”同时用。放下手里的写作，看宫崎峻的动漫，在幽灵公主进退两难的身份中想到自己的处境。又看千寻的父母在餐馆里止不住地大吃大喝，变成大肥猪，而十岁的小女孩居然有节制，不贪吃。听千寻和白龙在桥上讲各自的故事，跟着她坐火车去找钱婆婆。慢慢地，我们穿过感冒之城，到了城外，我这一整个身体变得轻巧，神清气爽，感冒神奇地好了。

附录

那些因美食而爱恋的地方

伦敦

英国首都，两千多年前，罗马人建立了这座城市，位于英格兰东南部的平原上，泰晤士河贯穿其中。我喜欢叫它日不落的城市。

我在这儿生活了十年，有很多记忆。搬回中国后，也还常去。谈这儿的吃，会谈到画家王迦南。我和他是在这儿相识的，有意思的是，谁也没有记住究竟在哪里相遇。我俩回忆后，认为“也许在某个人的家里遇见的”。那时王迦南对我的印象是：“这个女子的思想不一般。”从那之后，我们成为好朋友。

我们在许多方面志趣相同，其中一项就是爱吃，对任何菜系都有非常浓厚的兴趣。我们在中国长大，又都去了伦敦，在那儿生活了十多年，酷爱旅行，在很多地方都留下了自己的足迹。可以说，不只是见得多，吃得也多。

提及吃，我们都显得非常兴奋。我的一个朋友在香港电影公司做策划，她在北京开了一家叫“DR”的云南餐馆，自然云南的普洱茶是当家茶。我告诉她，王迦南藏有清朝咸丰年间的普洱茶时，她郁闷了三天，说：“王迦南喝那个年代的普洱，我们这里的普洱算什么啊！”

我把王迦南叫到她的餐馆，他们认识了。王迦南一直在搜集年代久远的明信片，研究它的背景。有一次，他跑到巴黎的一个老头儿家里，谈得非常投机，也促成他得到许多有历史故事的明信片的使用权。老头儿高兴地拿出在拍卖行买的一包东西，打开一看，原来是一个已经腐烂的竹筐，上面有“咸丰年出口”的字样，里面竟然是咸丰年出口到法国的普洱茶，茶叶冲泡后的味道完全就是泥汤味儿。他说太难喝了。

王迦南这么谦逊，我的朋友脸上有了面子，结果我们受到了特殊的款待，把大理火腿吃了个舒服。

中国人要请客，一般都到餐馆去吃。香港人、广州人和上海人，几乎很少在家请客吃饭。中国的厨房以前是给下人准备的，厨房是不受重视、不见光的。而西方的厨房宽敞讲究，是很享受的地方。我每到一个新地方，首先留意的就是厨房，做客也是如此。有一次去马耳他岛度假，冬天去那儿度假很便宜，房间很大，带厨房，厨房宽敞，锅碗盘刀叉俱全。我去海边买些新鲜的虾和鱿鱼来烤着吃，一边吃一边构思一个带着章鱼鬼故事的短篇。当晚就做了这个鬼故事的梦：我在马耳他街道上狂奔，章鱼跟在身后，要吃掉我。

若是梦成真，也好。被章鱼吃掉，也是一种幸福。

上小学、初中时，是我家最困难的时候，哥姐们都上山下乡，到的都是极穷的僻远农村，家里负担很重。那时候国家也贫穷，即使有钱也难买到吃的，更别说没钱的人家。吃一个鸡蛋就是盛宴。那时我学邻居们做鸡蛋，将一个鸡蛋炒出够好几个人吃的量来。把鸡蛋打碎在碗里，加一点点五加皮酒，搅均匀，用大铁锅烧烫，倒比平常多一点的油，油冒青烟后，把鸡蛋汁倒进去，开始转动铁锅，让鸡蛋薄一些，这样就能炒出很多。

那时菜需要凭票购得，没菜吃，人们都喜欢用酱油拌米饭，烫烫的米饭，如果能偷到一勺猪油放入，加上酱油，再撒上小葱末，可以想象这米饭有多好吃。

我有个本事，就是吃过的东西，所有细节都记得清楚。有一次我吃辣子鱼，不小心一根刺卡住喉咙，咳嗽半天，还是痛。不想进医院，就猛喝陈年老醋，刺软了，咳出来，可是我的味蕾坏掉，过了一天才恢复。

贫困时所吃的东西都是最好的，这是一种怀旧。在怀旧里面，有一种挥之不去、永远想念的东西，就像酱油拌饭。

说到底，菜怎么吃、跟谁吃是非常重要的。跟一个特别无聊的人吃饭，那么整顿饭就会吃不出任何味道。

中国的水有几种，碱度高的水味道甜，酸度高的水味道苦。用砂锅来煮粥，砂锅分为黄泥、红泥、黑泥、紫砂等多种。在甜水中长成的米，应该用红泥砂锅来煮。用砂锅煮粥需要用柴烧。江南的米，可以用梨汁来煮粥。

韩国的粥中调料特别多。调料太多，本质上讲是一种汤，而不是粥。粥要保持米本身的香味，放一两种调料就足够了。

怎样选择与粥相配的菜也非常重要，我特别喜欢日本的小菜。

粥煮完后，给谁喝呢？哪怕有了豪宅、豪车、名牌衣服，生活还是要回归本质，回归大自然的那种状态。

郑板桥便是如此。他住在茅屋里，画自己最喜欢的竹。生病也不会去看郎中，不吃中药。他在庭院里种了很多果树、蔬菜。他着凉，头痛，便把园子里自个儿种植的枇杷叶摘下来，接了泉水，用瓦罐煮，煮好后在里面加些糖类的蜜汁。喝下以后，病立刻就好了。

电影《教父》里有一位律师，小时候在街头流浪，被主人公发现并收养。刚刚进入新家时，这位律师吃到了一辈子都不会忘记的一顿饭，是用橄榄油炒出来、加有很多西红柿汁的意大利面条。

相对亚洲面条，我更喜爱意大利面条。每回到意大利人的家里做客，都有新发现，厨房里不只有掌勺的母亲，孩子们也在。孩子可在厨房里任意发表意见：“妈妈，可不可以多放些奶酪？”“橄榄油放得不够多。”“哎呀，还应该再多加一些水？”

意大利的孩子很小就会做菜，这点跟中国是一样的。在意大利，从老人到小孩子，人人都热爱吃，就像热爱歌剧一样，他们对美食的热爱与生俱来，手艺都非常棒。可以说，走进任何一家意大利餐馆，都会吃到美味，绝不会选错餐馆。

有人说英国上流社会吃东西几乎不放任何香料，女王的食物里面最多放几粒黑胡椒和盐。我没考证。但英国人吃得很简单，对食物没有太多要求，把菜放在水里煮烂，捞起来，再撒些盐，就算是一道菜。肉也是抹些黄油，煎一下，或烤一个多小时。英国小孩吃的东西，大部分都是从市场买来的。他们通常吃面条、土豆和香肠，每个星期天会吃三文鱼。我的女儿读的是很好的私校，每天吃土豆，吃得她要吐。所以，才有名厨加美男杰米·奥利弗关心孩子们的健康饮食，向垃圾食物挑战，特别为两万名伦敦学童调配美味又有营养的菜单。

英国人过圣诞节做火鸡，烤三四个小时，短时间内吃不完，要吃很多天。一个朋友很隆重地邀请我去参加她家的

Boxing Day Party。我带着礼物到她家时，她很不好意思地说：“哎呀，对不起，我们只剩下半只火鸡。因为太忙，我没去买菜。”

这位朋友来自西安，在国内拉小提琴，嫁了一个英国律师。她处理吃剩下来的火鸡的样子，带有几分厌倦，先把剩下的火鸡切碎，放进锅里，然后放很多菜，煮一个小时，加一把盐。我们六个人，吃这个煮火鸡，鸡肉吃在嘴里，味同嚼蜡。

那天，我饿着肚子回家。到家立刻煮了一碗重庆小面。

我曾长年在伦敦，经常听到身边的中国朋友说，不到万一，不要去英国人家里吃饭。英国人做菜，脑子差一根筋。英国人有门绝活，就是把菜做得难吃。

这么说，不太公平。英国菜里有特别好吃的烤羊肉、烤牛肉，世界上其他地方都没法与之相比，在伦敦有很好的英国菜餐馆可以品尝到。细心一点，你会发现很多国家上等级的餐馆，甚至意大利、西班牙，做这两道菜的大都是英国厨师。为什么？英国厨师掌握这两道菜的火候和做法，做出来的是最地道、最美味的。

街边普通的小店，有炸鱼和土豆条，脆而酥，裹面后，鱼肥实鲜美，浇上一点柠檬汁和盐，要杯冰可乐，这时不要管减体重，大热天又解渴又开胃，看街上人来人往，想心事茅塞会顿开。

鸽子广场往东北方向，不远有个考文特花园，靠近泰晤士河，离英国BBC广播大楼很近。这里有一条条小巷子，充满了小酒吧、意大利餐馆、戏院、工艺品市场和服装店，其中一家店，全是比利时画家埃尔热的漫画作品《丁丁历险记》的相关产品，T恤啊，杯子啊，版画啊。多少年了，常常走过这巷子，都没有发现它。这一次与我女儿的父亲一起——他爱把头发弄成丁丁那样——就发现了这个店。真是缘分。找到一张黑白版画：丁丁躲在房里，外面有人。马上掏钱买了，十多年了，都挂在北京家的客厅。这家店很小，是伦敦的老房子。这巷子，跟后海烟袋斜街很像，扭扭曲曲的，是典型的石板路。

这一带有很多好的意大利餐馆，也有别的国家的餐馆，仿佛是比赛，一家胜过一家好吃。印度菜在英国尤其好吃，每次我都要求加辣椒，虽然相比重庆的辣还是逊色一些，但已经好吃极了。有一次带着女儿看伦敦有名的话剧《黑衣女人》，就是吃了这种极辣的印度菜，进入古老的剧院，看恐怖话剧，全是年轻人，中间休息时，还有莎翁时代看戏的气氛，有人吊着竹篮在剧院里走动，售香烟、咖啡和吃的。

在伦敦西北郊芬奇利附近的一个大公园，有个朋友发现了一种很好吃的野生韭菜，像野草，比我们的韭菜高、肥，成片成片，但是夹杂在望不到边际的草地中间，不注意就不能发现。当然，走过会闻到一阵香味。后来我们在欧洲雨水和阳光好的地方，也发现了这种韭菜，用它包饺子，特别香。

我遇到过不少会做菜的英国人，其中一个人是约翰，他经营一家小出版社，是个诗人，现在布朗大学教授写作。记得那天晚上我们到达他在高地的家，客厅里已点上蜡烛，桌布烫得平整。

第一道菜是沙拉，里面居然有大蒜、松子和橄榄，令我大吃一惊。这在英国人的沙拉里是绝无仅有的。第二道菜是烤鱼，他在鱼里加了柠檬汁和白葡萄酒，酒先放，鱼快烤好时才加柠檬汁。掌握好火候，烤鱼吃起来才会又酥又嫩。最后的甜点是芒果布丁和巧克力，也是恰到好处，让人惊艳，那甜浸入心肺，令人回味无穷。

马德里

西班牙首都，位于伊比利亚半岛梅塞塔高原中部，瓜达拉马山脉东南麓的山间高原盆地。

如果有人问我最喜欢哪个城市，梦醒时我会说北京，做梦时我会说马德里。

奇怪的是，马德里每次都是夜晚到达，漆黑中有着鬼祟的房子和缓慢的脚步声。那些街道时窄时宽，我听到英国诗人朱利安·贝尔——我的小说《K》（又名《英国情人》）

中的主人公——熟悉的脚步声，虽然他已离开半个世纪。二十世纪三十年代，为了参加中国革命，他来到中国，后来不得不离开中国，回英国不久，就到西班牙参加反法西斯的国际纵队。他来，就是为了死。一九九九年我写他，好多年试着忘了他，可他的身影，偏偏从那些幽暗之处穿过来，向我打招呼。

因为朱利安，我对这座城市有了特殊感情。第一次到这儿，是因为西班牙出版社出版我第一部写八十年代末北京青年叛逆生活的长篇小说，请我去做新书宣传，早上天不亮就起来，开始接受采访，一直到晚上十二点。很辛苦。中餐很简单，晚餐很丰富，每天不同，记得有马德里肉汤、牛肚、大蒜浓汤、蜗牛餐、土豆煎蛋饼、烤海鲷、火腿，还有奶油肉馅饼、蛋卷、油煎饼、杏仁糖糕。第二次是自己旅行，从南到北，边开车边吃，尤其是尝了很多当地的小餐馆，记忆中虾和牡蛎的做法与法国菜相似，却是更清爽的原味。第三次是因为出版写朱利安的这部长篇小说。

印象中有一家餐馆，是由旧火车站改造的，据说是马德里最漂亮的餐馆，至今还保留着旧火车站的门面。餐馆在城中心，对面有一个广场，周围都是古老的旧建筑，神秘莫测。不走进去，根本想不到会是餐馆。内部整体结构看得出没有变动，空间很高，在二楼可以看到下面大厅就餐的人，就像在歌剧院看歌剧一样，加之配乐也十分优美。欧洲有历史的建筑，一般都不会被拆毁，而是做新的利用。

当时是大冬天，有大玻璃墙一直盖到天花板。餐馆像温室，种着不少高大的热带植物，有些长得像椰子树，神秘，梦幻，有点电影《阿凡达》的感觉。

那天傍晚，华灯初放，英俊的男侍者领我和西班牙的出版商到预先订好的座位。座位在二楼，坐下后，我从漂亮的白栏杆望下去，庞大的空间几乎座无虚席，室内温暖如春。

头道菜是西红柿里放了海鲜。那划开完整的西红柿，送一块入嘴的奇妙感受，现在还记忆犹新，西红柿红、酸，那透明，鲜得快滴出水来。盘边是用骨头做的盛有粉红色的调料，衬在一片夏天才有的粉花叶上，绝色美艳。吃了一口，便不忍再吃，我停下刀叉，很想知道毫无破口的西红柿里面的海鲜是怎么放进去的。问侍者，侍者含笑，故意不作答。我左瞧右瞧却怎么也找不到开口，真是有趣又有点惊喜。

“朱利安会来这家餐馆吗?”我问出版商。那是我第一次对外人说到朱利安的名字，虽然读了好些关于他的书，小说还未动笔，但好多情节已在脑子里了。

出版商说:“他来过。”

路边艺人弗拉明戈舞的节奏，让我把脸转过去。不管你来过没有，我希望这一次你来，因为我在这儿。

之后，我写了朱利安。有一年，我和另一位英国作家专门去了奇科特酒吧。酒吧位于马德里繁华地段格兰维亚大道，当年一批艺术家经常去，有七八十年历史了。旋转门显得古老，有里外两间餐厅，外厅较小，墙上挂满海明威等名人的黑白照片。这里酒好，餐前点心烤蘑菇和橄榄油浸泡的绿橄榄，来者必点。这儿常有演出，皆是西班牙最有名的乐队，要知道当年酒吧是没有时尚音乐助兴和走红的歌星的。我和他走进去，点酒后，蘑菇就送上来了，盘子里还有小西红柿，烤得正香，放了大蒜。

酒馆里充满伤感的音乐，他喝着酒，我拿着插竹签的蘑菇，望着他，心里有由衷的喜悦。我们说着海明威，说太阳照样升起，说着朱利安，谈到他的爱情与写作。中间我去找乐队的吉他手要了一根香烟，他抽了起来，说这支烟不同。

我说朱利安抽过。

他笑了，说我比别人更懂他的心。

又过了好久，我写了一首诗，说到马德里："生活的经验，全在水里。一个吊死鬼，被她叫作亲爱的。"

那首诗说到爱情，忘了美食，也说到梦境，故意忘了现实。

在那么一刻，爱也好，恨也罢，皆不如此生此世享受生命这一刻，享受美食。

我和他都是美食家。不说政治和时局，专说西班牙菜。这儿的菜和法国菜、意大利菜是西菜三大美食，彼此难分上下。相比稳稳精细的法国菜，我更喜欢西班牙菜的凶猛和大胆，每一道菜从头到尾都忍不住狼吞虎咽，没法淑女。对一个重庆人来说，有种找到家乡菜的痛快，味儿浓烈，也有辣椒，比如辣椒里放浓烈的奶酪，在火上烤，真是好吃得汗水淋漓。

去巴塞罗那尝梨子煮鸭、龙虾煮鸡、兔肉蜗牛烩，是和姐姐一起。我的第二本长篇小说《K》出版，出版商请了我，也给姐姐订了房间。几乎没有时间陪姐姐，只有到了晚上十点后，我才推掉出版社的晚饭，说是要陪姐姐。酒店就在最繁华的地段，那儿有一个特别热闹的餐馆集中的广场，带我们去的是一个中国朋友，我们三个人坐着等上菜时，先吃橄榄和开胃酒，橄榄淡淡的，有回香。

姐姐就此改变了不吃橄榄的习惯，她吃了一盘又一盘。我好奇，一问，结果是餐馆独家泡制，用自家榨的橄榄浸泡的。我也是那一次尝到香肠煮豆子，据说是巴塞罗那独特的地方菜，先把小白豆煮烂，再加烤熟的香肠。

餐馆里摆了漂亮的天堂鸟和百合花。最后海鲜饭上来时，我和姐姐已喝掉一瓶葡萄酒，满脸通红，惹得餐馆里大胆的西班牙男人朝我们张望。西班牙男人比法国男人神秘，而且帅气。

布拉格

捷克共和国首都，位于该国中波希米亚州、伏尔塔瓦河流域。

一九九五年夏天，我第一次来这个城市，同行的人是位教授，对这儿的历史了如指掌，如数家珍。看遍古迹和宫殿，参观了文学大师卡夫卡的故居。

我欣喜，这个不曾对美食感兴趣的人，也产生了品尝当地美食的想法。我们发现每家餐馆都是油炸的食物，比如炸牛排。现在自是不会问津，但那时是不会为吃这种食物而有负罪感的，因为的确太好吃了。

布拉格太美了。玲玲珑珑的，很安静，见不到战争的痕迹。它是不夜城，商店的橱窗会彻夜亮着灯，让大家不敢忘记它的美。

每个地铁站都叫人欢喜。出口少则四个，多至十几个。站外一般有壁画，站内宽敞、干净，没有巴黎地铁站的尿骚味，也不像英国地铁站那么深，一层一层，十八层地狱似的。

布拉格的地铁，可以说是世界上最漂亮的。崭新，淡绿、深蓝的颜色，坐上去很舒服。一半在地下，一半在地上——在驶往郊区时，就是在地面上的，这和北京的地铁相似。过地铁的通道，不像别的国家黑乎乎，而是亮亮的，墙壁上有凸出来、凹进去的圆洞，很有现代感。当地铁飞驰，你会觉得前去的似乎不是真实世界，而是未来世界。

在布拉格广场的地铁站，曾见艺人表演杂耍。从此广场出来，穿过一座桥（桥的两边，有很多古老的塑像，铜的，生了绿锈），就有一条路通向赫拉德查尼宫。这条路特别像重庆，有很多石阶，不习惯走山路的人，一定会累得够呛。王宫背后也有一条路，路上有许多矮的石砌房子，以前是仆人住的，越往下走，屋子越矮，都不像人住的了。再想想，没准卡夫卡也住过这样的房子，所以能写出《城堡》《变形记》那样沉闷、奇怪的小说。走过这些房子，再走过一些大的石阶，就到了山下。

在此停留一周，吃过最好的菜是香肠配米饭，在一个小巷子里毫不起眼的餐馆。香肠肉汁丰富，喝带甜味的当地啤酒，真是绝配。

之后，想起布拉格，印象中就是这一次，走过那些夜晚更美的桥，那些旧旧的巷子，点着煤气灯，陈设美丽的小店依然开着，里面摆着玻璃艺术品。诗人顾城和谢烨夫妇当时还在柏林，他要我给他带一个玻璃制品回去，当时我们住在他家。我记得我购了一个玻璃球，他像孩子一样高兴坏了。他们走了，不知那个玻璃球现在在哪里。

慕尼黑

位于德国南部阿尔卑斯山北麓的伊萨尔河畔，是巴伐利亚州首府。

慕尼黑很美丽，到处是宫殿、教堂和博物馆，那巴洛克和哥特式建筑，处处能见欧洲文艺复兴时期的精华，或大气磅礴，或小巧玲珑，每一处都有历史和文化，其中有著名的贝格勃劳凯勒啤酒馆。希特勒曾在这里发动政变，政变失败后，被关进牢里，他在牢里写了《我的奋斗》一书。这个百年啤酒馆，也有乐队演奏巴伐利亚民族音乐，香肠、肘子做得美味，配菜土豆泥圆如球。

二〇〇四年冬天，我在朋友一个位于广场边的小公寓里写作。写作之余，经常一个人四处走走。有一天在广场早市闲逛时，看到有猪头卖，马上买下，卖菜的特别高兴。朋友听说我要吃猪头，吓坏了。德国人很少吃动物内脏，头、脚，怪人才会吃。猪头拿回家煮了，切了，放上佐料，香气扑鼻，我的朋友猛吃。那天我们喝了很多啤酒。在慕尼黑，不必喝水，把啤酒当水喝。

早市在城中心的边上，伊萨尔河和英国花园的附近，一千多平米的露天市场，漂亮，干净，一部分搭了塑料棚子。它附近有住宅区、图书馆、温泉、戏院。

我喜欢慕尼黑胜过布拉格和柏林。德国人中规中矩，过马路一定走斑马线，甚至同时抬脚，而走过马路，拐过一条街，你会看到好多酒吧，人们在这儿喝酒，那么浪漫和自由，甚至有的酒吧里的女郎几乎不穿衣，充满挑逗，男人更是放松，与之周旋，真是不可思议。

生活不可思议，我因朋友而知道这座城市多一些，也把她当作亲人。当她离开那儿，一个人打单时，我给她介绍男友，没想到却因为那男友，她与我产生误会。当我重新打量这座城市时，我想我原谅她了。时间会冲淡一切，这座城市的美和不可多得的美味会留在心里。曾经那个冬天，她收留了情感出错生活盲目的我，就此，便让我感激一生。

法兰克福

德国重要工商业、金融和交通中心，位于莱茵河中部支流美因河的下游。

吃到最有意思的菜：酸菜香肠、酸菜猪腿。是在一个屋顶上吃的。

那是一家德国餐馆的屋顶，距法兰克福书展所在地路德维希-艾尔哈德-安拉哥1号约十五分钟车程，我的德国出版商在晚上租来开派对。几百平米的空地，有一半是玻璃房，可以看整个城市的夜景——近旁餐馆的屋顶上同时也有派对（大致是出版界的公关派对），灯红酒绿的。十月中旬的法兰克福，天气很冷，屋顶露台上每隔几张桌子设有一盏煤气灯，可以取暖。

吃得最没意思的菜，是有一年参加书展，活动结束后被人带去吃中国火锅。当时去了好几个作家，有严歌苓、格非。火锅很咸，东西是冰冻的。陪同我们的人看到厨房里跑出一只老鼠，就不吃了。我们几个也不吃了。

我是地道重庆人，重庆火锅与成都火锅不同，重庆麻辣，成都较为温和。重庆火锅是码头文化，带袍哥特色，属于兄弟情义。重庆火锅当年造就了好多个万元户，这些人后来都在改革开放中成了弄潮儿。重庆人吃火锅，上顿吃下顿吃，接连几天都吃，不然口里无味，毛肚、鹅肠、血旺、牛肉、海鲜、豆腐、各式水果、面条都放在里面。三个月不吃火锅，就会在梦中吃。我每次回国，放下行李，就直接冲进火锅店解馋。

一九九九年，我第一次参加法兰克福书展，作为开幕式的作家代表发言。那时的我对这个世界充满好奇，却不懂这个世界的残酷。短短几天，我见识了各种出版人和作家，也见识了人性的黑暗和光芒，唯独忽略了美食。所以，法兰克福是我命中之地，待我有足够勇气，必会写下与那些时光相关的文字。

威尼斯

意大利东北部城市，亚得里亚海威尼斯湾西北岸重要港口。

几乎每年都要去威尼斯。每年都能发现不一样的威尼斯，尤其是冬天的威尼斯，没有庞大的旅游人群，一个人看着海水，摇着贡多拉，听上面的恋人们唱歌，穿过一个又一个桥洞。也喜欢戴上各式漂亮诱人的面具，穿上华丽的衣服去参加嘉年华，让夜的黑色全部包裹自己。

每年都能找到不同的美食，随便一家餐馆，闭眼点菜，都是好吃的。圣马可广场旁的哈利酒吧，墨鱼汁做的饭和意大利面条是很可口的。那儿有桃子鸡尾酒，据说最先发明这款酒的是大画家，后来改进这款酒的是大作曲家，全是史上有名的。我们知道的各式名人都曾光顾，一九四九年海明威也是那儿的常客，经常喝醉，写了一生中不太受到称赞的小说《过河入林》。

二〇一六年十一月七日，莱昂纳德·科恩去世，我在中国时间的夜里，一个人在黑暗中听所有喜爱过多年的他的歌曲。二〇〇八年，我在圣马可广场听他的音乐会，当时整个广场黑压压的人为他欢呼，他老了，七十多岁的人，声音还是那么迷人，谦逊地给观众揭帽致敬。这里常举行音乐会。整个大广场呈梯形，周围被宏伟壮丽的宫殿建筑环绕，有著名的圣马可钟楼和圣马可教堂。除了冬天人稍少，广场上总是很多人，像中国的庙会。当运河涨潮，水漫过广场有齐膝深的时候，贡多拉也就能够划进广场了。

由广场去达涅利酒店，容易迷路，因为每个街道都很像。这是威尼斯最有名的酒店，许多电影在此拍摄，也是我和先生定情的地方。每次经过，都要去喝个咖啡，吃个饭。它正对着潟湖岛，旁边是叹息桥。

叹息桥，是不过人的，有四百多年历史，桥的一端连着曾经威严的总督府。总督府是座雕刻有花纹的白色楼房，一端连着往昔阴森的监牢，现在门窗还装着铁栅栏。叹息桥属早期巴洛克风格，呈房屋状，顶上有穹窿覆盖，封闭得很严实。在古代，犯人在总督府受了审判，被押往监牢，经过这座密实的桥，会不由自主发出叹息之声：自由失去了，可能再也回不去。而现在情侣乘贡多拉经过桥下时会拥吻，这意味着爱情会永恒。

二〇一九年九月，《兰心大剧院》在威尼斯首演，电影改编自我的小说《上海之死》。我专门带朋友去海鲜市场，在那儿看海，吃了一顿午饭。

很多人认为意大利菜绝对美味，很难找到缺点。在我看来，久吃意大利菜，会吃成一个大胖子，与其说这是缺点，不如说是美中不足。

意大利菜在文艺复兴时就很讲究烹调技巧和材料运用。

意大利人自认为是法国菜的鼻祖，十六世纪意大利公主凯瑟琳下嫁法皇亨利二世时，把意大利传统烹饪方法带到了法国，法国人把两国烹饪上的优点加以融合，创造出了自己的菜肴。意大利人观念上顽固，菜也质朴，自然而顽固。

在意大利任何一个地方，几乎每一家餐馆都不会让人失望。在意大利旅行，根本不用担忧。中国人爱吃，意大利人也爱吃，吃了上顿想下顿，在这家餐馆吃时就计划到另外一家餐馆。意大利人跟中国人一样，骨头、内脏都不排斥，你可以在肉店买到牛肝、毛肚、野味（例如兔子）。他们跟中国人相像，最喜欢本国菜。

中国人到国外，让他吃一个星期西菜，他就会想念中餐。我在意大利旅行，也会找中国餐馆；一个月当中从南到北，转悠了好些城市，也只看见过两家，一家是福建人开的粤菜馆，另一家是上海人开的上海人家，门庭冷落。有一次去圣埃尔皮迪奥港，无意中看到路边有红灯笼挂着，里面全是人，我好奇，走了进去，点了几道菜，发现是改良了的粤菜，加入意大利人喜欢的元素，橄榄油做凉菜，用的原料也是意大利人喜欢的蔬菜和奶酪，连烤的鱼也完全是意大利人的，浇上一点老干妈辣椒酱。这倒是非常讨好本地人，难怪座无虚席，生意红火。

讲究的意大利餐馆一般由大厨亲自为你点菜，告诉你有哪些开胃头盘、汤、面食，吃到最后，由侍者问你要什么样的甜品。头盘为第一道菜，主菜为第二道菜，然后是沙拉、甜品或奶酪，最后才是咖啡、饭后酒。

头道菜有汤、面食、米饭、玉米糕或比萨。我一般会点番茄海鲜汤。第二道菜有海鲜盘和肉盘。我最喜欢洋葱小牛肝、柠檬鸡、生腌牛肉、米兰猪排、焖小牛蹄、香菜炒鲜菌、番茄奶酪沙拉、香草生腿煎牛仔肉片和烧牛柳配蘑菇红酒汁。有时我也会点奶酪，意大利奶酪有四百多种，可入菜或伴红酒吃。我喜欢的有柏尔马臣奶酪、宝百士、芳天娜奶酪、布旺伦奶酪、莫撒拿奶酪。

我每年有两个月在意大利，几乎吃遍意大利南北各地菜。北意菜系，博洛尼亚的美食非常有名，以面粉搅和鸡蛋，做成宽面条、千层面，最为著名；意式多梭饭和米兰式利梭多饭，牛油放得恰到好处，也是吃后难以忘怀。中意菜，多斯尼加牛肉、朝鲜蓟和柏高连奴奶酪不错。南意菜中有榛子、番茄干、莫撒里拿奶酪、佛手柑油和宝仙尼菌，喜欢用橄榄油、香草、海鲜烹调食物。小岛菜，以西西里岛为代表，受阿拉伯影响，以海鲜、蔬菜、面食为主。盐渍干鱼子和血柑橘，真是人间佳肴。但绝大多数餐馆味道差不多，尤其在同一家餐馆吃，总是重复那几道菜，没有变化。

意大利菜虽然原汁原味，油炸类较少，但红烩、烧烤较多，离不开奶酪、橄榄油、香料，所以口味重、油腻，而且保守。肥壮的意大利女人比比皆是，像著名的影星索菲娅·罗兰，有记者问她为何如此美丽不老，她说因为她身上无处不是帕斯塔和橄榄油。

佩达索海边离我家开车三十分钟，海边有一家灯塔海鲜馆，那儿的海虹是我吃过最鲜美的，用自酿的白葡萄酒、很多的蒜和新鲜迷迭香，还有切碎的洋葱，橄榄油大火炒。海虹娇嫩，又入味，真是人间天堂。这儿的老板见多识广，收集灯塔，也收集客人的书，我的意大利版小说就挂在他家墙上。从小在这家餐馆吃饭的鹿易吉·塞拉菲尼，也是老板赛门介绍给我认识的。他的《塞拉菲尼抄本》为世界十大天书之一，他是个天才，不仅在语言和绘画上，还在美食上。我的《罗马》一书散文部分，专门有一章写到他。

斯德哥尔摩

瑞典首都，位于瑞典东海岸，濒临波罗的海，梅拉伦湖入海处。

这座城市有“北方威尼斯”的美称。来过这儿好多次，都是与我的小说出版有关，当然也参加了一次三八节活动。喜欢这儿的冷清和朴素，其实整个北欧的菜也是这种冷调子，牛排、羊排、沙拉，也不是不好吃，可以吃，相比意大利菜，还是少了一些激情。但我曾在诗人托马斯·特朗斯特罗姆家里吃过很美味的意面——说不上哪里特殊，做得用心而已。

这座城市还跟汉学家陈安娜有关。我第一次见到她是在一九九七年，我的书在诺尔斯泰特出版社出版。我们约在我住的酒店门前见面，然后她陪同我参加出版社安排的各种活动。她非常年轻苗条，一头金发，就是在北欧美女丛中也是最美的那一个，我猜想万之当初见她，绝对一见钟情。

一年一度的诺贝尔奖颁奖礼在斯德哥尔摩音乐厅举行。它在中央火车站北边不远处，像一个小型宫殿，外墙通体蓝色，正面有十根大柱子从地面直通楼檐，厅前有俄狄浦斯的雕像。厅内没有过多装饰，但是典雅大方。厅前的干草广场，有卖水果和蔬菜的摊位，给人世俗的亲切感。

从音乐厅走几分钟能到海边——城市是海连着海的，沿途是古老建筑。二〇〇〇年的三月，海上有些地方结着冰，没结冰的地方停泊着几艘私人小舰艇，就如同《好儿女花》所写，当时我要与前夫分开，整个人都是傻的。在这座像手术台一样冰冷的城市里，这里尤其冰冷、荒凉。可你也禁不住会想：人世若没有爱，是多么可怕，我还活着。

这座城市有美食街市厄斯特马尔姆市场，什么做菜材料都有，买回家，可自己做。最好住爱彼迎，找一个看海的房间，一边吃海鲜一边听音乐。尼布鲁街38号这家餐馆，也算是瑞典菜，不过厨师很聪明，稍微改良，有地中海风情。小街上也有摊，有小吃，不要错过。

巴黎

法国首都，地处法国北部，塞纳河西岸。

塞纳河不远，有一家餐馆的生牛肉，好吃！一位朋友带我去吃的，味道真是太美。后学会做。其实半生，机器切片，特别薄，一层层地铺在盘子里，连吃几盘都不觉饱。浇上奶酪、橄榄油，加上法式香菜。

这家餐馆在拉丁区，可以散步走到，店内无法直接看到河的。在拉丁区的“左岸”，包括塞纳河左岸圣日耳曼大街、蒙帕尔纳斯大街和圣米歇尔大街，曲折的街巷里有许多旧书店、咖啡馆、餐厅、画廊、美术馆、博物馆、前卫剧院与艺术电影院，由塞纳河岸延伸至卢森堡公园。

我每次在巴黎，去得最多的就是这个区，不管是出版人或是朋友，带我吃饭都是在这个区。这儿有巴尔扎克、毕加索、乔治·桑、萨特和波伏娃的足迹，可以说每一处、每座桥、每家餐馆，都有他们的气息。

法国菜我偏好小牛肉、鹅肝和鱼子酱。我还喜欢黄油焗田螺、生牛肉片。我喜欢法国葡萄酒，随便一家小酒馆都能喝到品质不错的葡萄酒，叫一份迷迭香鸡汁焗羊排，或是一份龙虾沙拉，或是一份肉汁小土豆，都会被法国厨师天生艺术家的手艺惊到。不过法国菜用牛油、奶油、香料量大，稍不留意，人就成了大肚蝙蝠，但是不后悔，爱就爱了，什么也不顾。

巴黎的美食，真不需要我多说，你只要管束好你的钱袋便可。巴黎的衣服店也是女人的天堂，看你有多放纵，就随心如意地享受吧，但切莫忘了，走路累了，伫立在一处靠边售生蚝的小摊前。晶莹的冰块上，围绕着一只只生蚝，当摊主专为你打开法国生蚝时，记得多要一片柠檬。

说到生蚝，我不得不说，南非的生蚝比开普敦的要鲜美得多，我一个人可以要一打。意大利的也好，罗马有一家生蚝吧，全世界的生蚝都可以吃到，北京也有生蚝吧，但怎么吃都觉得少点味。好友小玉有一次拿了一箱澳大利亚生蚝给我，我那时没刀，又担心生蚝坏了，就用毛巾和小锤子敲开，很费神，几个朋友围着桌子，浇上柠檬汁，也吃得开心。后来我从网上购到好几把生蚝刀，手艺就练得跟专业厨师一样，斜进缝里，一用力，生蚝就开了。不得不说，澳大利亚的生蚝不肥，而且咸淡正合我口味，现在写着，心里都想。

普罗旺斯

原是罗马帝国的一个行省，现为法国东南部的一个地区，毗邻地中海，和意大利接壤。

好多年都被请去参加书展，当街售书，当然也参加与读者的对谈会。遍地是薰衣草，遍地是冰激凌，在这美食王国，发现了另一道特美味的生牛肉，切成丝，全生，和日本吃法接近。西方学者看了很紧张：能吃吗？我吃了，妙不可言。我也喜欢吃鹰嘴豆制作而成的煎饼，放上橄榄油、盐和胡椒。

也是那天，我们去了都德的故居，上小学时我们都读过他的《最后一课》。这个地方还有我非常喜欢的两位画家，一位是保罗·塞尚，另一位是保罗·高更。后者和凡·高是好朋友，曾在阿尔勒同住过一段时间。

这儿有闻名世界的黑松露，削在面包上，浇上橄榄油，也可削在意大利面或沙拉上。放在煎蛋卷上时，鸡蛋不要煎得太老。我在意大利也常做这道菜，当地有家黑松露店，都是专业狗从山里嗅找出来的珍品。

西葫芦油条，一咬开，里面的奶酪流入嘴里，还有薄荷味，再喝一口葡萄酒。意大利也有这道菜。我的意大利邻居们能做出各式奶酪，味道各有不同。我在中国也做西葫芦油条，油焖一下，放点海盐，就好吃。再裹上一层面糊，淋上橄榄油，慢火烤制。

西红柿、洋葱、西葫芦、茄子等蔬菜乱炖，结合意大利和西班牙做法，我减少香料，只放大蒜和香草，但尖辣椒多放。做稍硬一些的米饭，比面包配这道菜更好，我也有些延伸，放些印度咖喱，让我一些素食朋友爱极。

普罗旺斯在海边，气候得天独厚，有香菜、牛至、茴香、罗勒、迷迭香，以及尼斯橄榄、刺山柑、芦笋、洋百合、青葱和韭菜，各式当季新鲜的水果，各种菌类和龙虾，从未见过的鲜花摆在当街的小店，美丽极了。

比起巴黎来，普罗旺斯更鲜艳，阳光更好，花很多——每回都是冬天去，没能见到薰衣草的倩影。心情再不好，到了这儿都会好起来。

多数街道都宽广。海边的树，长得非常有形态，海风往哪个方向吹，枝梢就朝向哪个方向。

有一条不记得名字的街，很多名人都住过，其中有塞尚的房子，四五层楼，狭长的窗子。附近的广场小小的，记得曾路过一个跳蚤市场，卖各种古典的镜子、镜框。

奈良

位于日本中部，是古都。在纪伊半岛中央，有众多古寺神社和历史文物。

火车驶进奈良站。我提了行李下到月台，在火车站门口搭了出租车。车子在单行道上绕了几圈后，我想起地图上酒店离车站很近，若是步行，该就在车站附近，走路最多十分钟。五六分钟后，车子停下来，我一看，是城中心的中心。

白凤旅馆门面很冷清，里面不大，一共三层楼。我拎了行李，叫了半天人，老板才出现，结果他直呼姓名，倒是很热情。行李放在专运行李的小电梯上，这一方便，让我另眼相看。拿了钥匙，上三楼，进了房间——很大一间日式房间，带浴室，含早饭，价格合理极了，让我更另眼相看。

躺在榻榻米上休息，眼睛瞄到窗外的松树，觉得有感冒的警示，喉咙有阵阵寒气，想找个地方泡温泉。走下楼来，发现一楼竟然有免费温泉，真是喜出望外。

可是肚子咕咕叫饿，就决定先去街上。每家餐馆都火热，区别不了好坏。可能临近周末，人们都喜欢到外面吃饭，凑近看，皆引得我食欲奔狂。看来看去，选择吃生鱼片。

进到一家人稍少的餐馆，就着吧台似的座位，点了生鱼片。少女时看过一部日本电影，高仓健主演，他很寂寞，妻子背叛他，跟人跑了，他到小酒馆喝闷酒到天亮。我记不得电影名字，可是吃生鱼片时，他整张苦闷的脸就在面前晃呀晃，帅得比生芥末还刺激人的神经。我又要了清酒。生鱼片要配对的清酒，我喜欢甜口的，这样新鲜的鱼片、酱油、芥末与微甜的清酒入口，满嘴舒畅。其他客人陆续离开，老板开始整理灶台器具，我又要了一份生鱼片，他还是一副要打烊的模样。我喝着清酒，有些醉了，结了账往外走，还是觉得奈良很冷，街道突然变得安静，一个行人也没有，更不会像京都，有花枝招展的艺妓结伴而行。

该是午夜了，肚子还不觉得饱，我又进了一家啤酒屋，要了海鲜烧烤。尝了一口，真难吃，什么味道也没有。索性不吃了。结账后一个人往街南走，很快就看见“白凤”两字。取了房间里的和服与毛巾，下楼，进了女温泉室，里面一个人也没有。

脱衣服时，有点害怕，四下打量，干净异常，和服与木屐摆放得井井有条。一池温泉可爱地冒着水泡。我坐在小木凳上先冲了澡，怯生生伸脚进温泉池里，立即忘了夜半深更一女子独处的危险。墙上日文说泉水里有钠氯化物、碳酸氢盐，对神经痛、肌肉痛、关节痛、五十肩、病后体弱都有疗效，爬山者最适合洗温泉，怀孕者更是。这可和中医说的不同，中医认为温泉里含有硫磺等物质，对孕妇有害无益。我正有身孕，泡在温泉里，周身上下放松，心情大好。

换衣服时一个女服务员敲门后进来，手里有一托盘，里面是一杯茶。她放下托盘，对着我说了几句话，意思是请我享用。我点头，她退出。

我喝了茶，喉咙本是渴得厉害，寒气一下子没了，浑身热乎乎，哪怕冲了凉水，也是暖的。我又泡了一刻钟，就起身穿了和服，上了三楼房间。

居然倒下榻榻米，就睡着了。我的失眠在这儿没有了。

青山中夹了团团红叶，大玻璃窗下面全是裸着的男女，嬉闹非凡，摆了好些大盘小盘吃的。月亮顶在露天温泉上端。他们情歌忧伤悦耳，一个男人向我招手。我似乎是认识他的。他坏坏地笑着，说：“快，亲爱的，他们等我俩等得太久！”

我俩直接从窗子外陡峭的石梯走下去，那池水波光涟涟，石梯边开着粉白浅黄的菊花，有人弹奏吉他，他往我头发上插一朵，牵了我的手，走入池中，又递过一枚樱桃到我嘴里。

“这样被人爱过吗？”他问。

我没说话。

“没有爱过这么多人吧？”

我还是没说话。他走得太快，我没抓牢，手一滑就不见了。我不要爱这么多人，我只爱他，在这儿，在以后。可是太糟，无法在人群中寻着他。我急坏了，沉下池底，没有人，只有一池红红的樱桃。眼一睁，发现自己躺在榻榻米上，原来是个梦。

我坐起来，拉亮灯，摸到头发上有一枝菊花，忙取下看，就是梦里的，我一脸惊异。我这才醒了。

一个梦连着一个梦！走廊外有风铃，有节奏地响着。此情断与不断皆在那儿，越久记忆越深。

烧了一壶开水，把抹茶倒进杯里，冲入开水，一股茶香扑鼻而来。好久没这样盘膝坐着，一边静静地喝茶，一边等着天亮。

奈良公园附近不少餐馆，特别好吃，有小茶壶烧的海鲜汤，还有鸡蛋羹，吃到里面有松子、菠萝，有的放海鲜，微甜，又鲜又香。

奈良公园鹿非常多，有一千多头，无拘无束地自由嬉戏。公园的山上有座很古典的寺庙——春日神社，上山的路，宽阔，长满青苔，路两边是大树，还有一个个石灯笼，有大大的，也有小小的，错落有致。在秋天，一路飘满落花和树叶。入乡随俗，进寺也跪拜。在日本别的寺庙，僧人是极少露面的。在这里尤能感受到川端康成和三岛由纪夫笔下古老日本那有韵味的美。

踏上日本国土，我的胃骤然增大，因为无处不是美食。在日本，人人懂美食，懂如何把美食装点出艺术来。如果天天吃生鱼片，肯定不舒服，舌蕾会迟钝。日本烤鱼吃多少也不会像生鱼叫人生厌。一炉温暖的炭火，一个铁罐吊在火上端，一群人围坐边上，喝着冰镇好的清酒。鱼是最新鲜的，刚捕上来，活蹦乱跳，不大，拿在手中，直接用竹签串着，在火上烤，铁罐里正熬着白白的鱼汤。烤好的鱼，最多撒点儿盐。记得有一年我被出版社请去日本半月，吃过无数佳肴，最难忘的不是生鱼片，不是煮乌冬面、烤鳗鱼、大虾天妇罗、金枪鱼饭团、黄油蘑菇，也不是鲜汁豆腐锅、牡蛎火锅，而是这种最原始的烤鱼。

东大寺奇美无比。有一年，我带着女儿钻寺里一个柱洞，钻过的孩子会活过百岁。如果冬天站在二月堂的走廊上，奈良的雪景，堪称人间仙境。

首尔

旧称汉城。韩国首都，位于韩国西北部的汉江流域。

虽然拥有冠岳山、三角山、仁旺山、景福宫、德寿宫等名胜古迹，但这座城市非常年轻，也涌现了很多好导演，好电影。

我喜欢韩国泡菜，它不像日本泡菜那么丰富多彩——在京都的寺庙前，好多店，甚至一条街都摆小摊，卖各式泡菜，胡萝卜、白萝卜，大的小的，做成各式各色的，一看就好吃，一闻那味儿，就掉口水。韩国泡菜吃来吃去，只有一个味：酱味。不过他们的稀饭好吃。

有一年我在汉城做图书宣传，出版社带我去电影《老男孩》（朴赞郁导演）制作公司所在的艺术园区。当天又带我去最好的餐馆。好几天的美味相同，我一清早就跑到街上去。我住的饭店周边有很多餐馆，位于时尚中心街。我边走边找有特点的小餐馆。一家又一家，都装饰典雅，插了鲜花，店前都有小招牌，画了图，色泽丰富，很诱人。有家最小的店在卖粥，我在门前打量了一下，里面桌椅明净，桌面布置也朴实。

我走进去，坐下来后，叫了一碗粥。女侍者上了小菜和茶水，我拿出相机，对着窗外街上的行人开拍。等到粥上来时，我一摸，不烫不温，正好。一吃，真不错，有蘑菇和海鲜，吃第二口时，觉得这一生从未吃过如此好的粥，忍不住问女侍者："这粥怎么做的？"

一般我吃了一道菜，就知道厨师怎么做，有时候则难把握，比如这粥，蘑菇、虾仁、鱿鱼间有紫菜之香，但还有点什么东西说不出来。里面肯定放了其他的东西。

"这是我家餐馆的秘密，不能说的。"女侍者说。

我很失望，接着吃，随后我又停住，说："请你的老板出来，我是从中国来的，我特别喜欢这粥，可以吗？"

没一会儿，老板来了。我问他同样的问题。

他挺客气地和我说："对不起小姐，我不能对人讲，这是我家祖传秘方。"

我只有道对不起。他手上拿着一张报纸。

我急中生智，告诉他："你看报纸上这个人就是我。"一张很大的照片几乎占了半个版面。

"你是中国作家？我正让人去买你的书。"他特别高兴。

"那能不能告诉我如何做出这粥？"我一刻不放过。

"没问题，我告诉你，可你最好不要告诉别人。"他说粥里加了土豆和一种自制的酒，土豆泥跟酒混合，等粥熬好才放入，整个粥的味道全变了，在韩国你很难找出另一家。

原来是加了土豆和特殊的酒。

土豆一般都很美味，加酒，特殊的酒，再加上蘑菇、海鲜，最后放紫菜，如此这般，做任何东西都让人垂涎。粥做成这样，也许叫汤更恰当。

新德里

印度首都，位于该国西北部，恒河支流朱木拿河西岸。

印度什么菜都放咖喱。在这里不宜吃路边摊。

恒河边很有意思，可能一边在烧死人，一边在洗衣服，沐浴。很难说水色洁净。在这条圣河边，见到很多修行的人和练瑜伽的人。

岸边房子色彩鲜丽，因沿河而建，有起伏之感。冬天这里很温暖，沿岸旅馆总是满的。河岸植物不多，有像银杏的树。

在德里和斋浦尔吃了十天的咖喱，每每想换，可是比较那儿的西餐，甚至中餐，还是不舍咖喱的美味。吃得肚子咕咕叫，回到北京后，一边吃乳酶生，一边想念那儿的咖喱。

因为喜欢新德里，写小说《阿难》时，我专门让女主角到这儿，在新德里的小巷子里钻来钻去。她代替我，在这儿徘徊，在这儿找心爱之人。

加德满都

尼泊尔首都，位于加德满都河谷西北部。

老城街道有点像我家乡重庆，多是窄小巷子，也有点像是集北京老胡同和故宫于一体，石头马路两旁有看着就会倒坍的旧旧的红砖楼，那些门窗有着精美的木雕，可是乱搭了一些洗过的衣物。随处可见佛寺，见人摸那些佛像和神龛，你的手也会痒痒的。鸽子成群绕着广场飞落，阳光正温暖，一切安好。这里的星星总是璀璨如银河，天然奔腾的河流没有任何人工雕琢的痕迹，遗世独立的尼泊尔，像一个世外桃源。精美的白玛琴德拉纳特庙，是塔式二重檐铜顶庙宇。中国观音塑像自南北朝、隋唐以来，多作女像，在这儿多为男身。玛琴德拉纳特神像位于内部小殿里，还有此佛生平的雕塑和壁画，栩栩如生。

这儿的菜和西藏有点接近，有奶茶，海鲜较新奇。西藏菜momo，跟饺子或小笼包相似，馅则是放了香料的蔬菜或者肉。尼泊尔人喜欢momo，傍晚时分，他们临街而站，端着盘子，手抓momo吃着，模样很幸福。

这儿的人当然喜欢印度菜，一样不用刀叉筷子，直接用手抓取。

Biryani用长条香米，混合丁香、肉桂等香料做成，加蔬菜和肉，味道不错。

我也喜欢Palak Paneer，菠菜煮熟透后加鲜奶酪，就着Naan烤饼吃，真是美不胜言。

渴了可以喝Masala Chia奶茶。这儿的人从早到晚都喜欢这茶。在红茶里加鲜奶、丁香、肉豆蔻、肉桂，或者黑胡椒、小豆蔻、干姜煮，我先生也喜欢，从印度买了这种茶，喝完之后还想喝。我只得从网上搜，为他买来，也给一位陪我去布拉格的教授邮寄过。

城市不大，有时不乏危险，但安静，气质懒散，可以看云慢慢走。不像曼谷和阿姆斯特丹那样充满欲望。尼泊尔制造的项链、戒指、耳环、手镯等银饰品，在世界各地都广受欢迎。

如果我对一个地方特别感兴趣的话，在那里生活一天，就相当于别人生活十年。对上海，我是着了迷一样地感兴趣，当然，我在上海生活了远远不止一天。这座城神秘、诡异、妖艳，有一种让人捉摸不透的城市之间的距离，像罂粟、夜来香、茉莉或曼陀罗，充满了魔力。一旦靠近它，不是被它吸进去，就是被它吞没，那样我就完了，所以我不能搬到上海住。

其实，我说什么地方都是在说自己的故乡重庆，就像卡尔维诺《看不见的城市》里马可·波罗对忽必烈说的："每次描述一座城市时，我其实都会讲一些关于威尼斯的事"，"也许，我不愿意全部讲述威尼斯，就是怕一下子失去她。"不管我写什么地方，都是在写重庆。朝霞出来或夕阳西下时，从重庆沿着长江往下走得远一些，眺望长江和嘉陵江交汇处依山而建的朝天门，那儿有一座很大的船形建筑，悬在高空，一切就像一个现实中不可能存在的童话。

几道最容易做的菜

鱿鱼意大利凉面

鱿鱼意大利凉面，适合冬夏，尤其天热吃。

水烧开，把意面放下去煮，煮到可以用筷子掐断、里面有一点儿生时，倒掉水，用冰水泡一下，捞出。一过水就加盐和油，再加一点西红柿丁。放点意大利特朗尼黑醋和老干妈辣椒酱。

若有人不吃这么辣，不多辣椒酱，加一丁点儿盐，还有香油——应该用橄榄油，手边没有，可以用香油代替。

这些调料可以保持凉面的原味，既清爽又开胃。最后加一点点酒。我想做两种口味：一个辣一点，一个清淡一点。灯笼椒在印度特别多，海南岛也产，超级辣，但辣得痛快，特别舒服。

也可放一点松子。松子一般放在糕点里好吃，但放在沙拉和面里，特别显味，吃时有点硬硬的，而面软软的，完全不一样的感觉融合在一起，有种惊喜。

可以用其他各式面，干面也可以做。看起来是一根一根的，特别好看。

鱿鱼切成鱼鳞状，先过一道水，最后用酒浸一下，用橄榄油煎两分钟便好。

橄榄最好用西班牙的这种绿橄榄，清清淡淡。放一点点盐。如果有洗净的菠菜，或是芝麻菜，放少许就好了。

也可以放一点芒果，香菜放两根。芒果味很浓，拌一下，要合着芒果一起吃。

喜欢酸味，可以放意大利特朗尼黑醋。我做菜喜欢用最好的材料。一头羊只用脸颊那块嫩肉，一篓豆芽菜，只用顶尖那最香嫩处，能不好吃吗？肯定最好吃。

意大利面里有很多奶油，这是美中不足。四川人做担担面，也非常油，一碗面里有几十种调料。好吃的担担面，清早排长队，那必定是用猪油。猪油下面好吃，菜油下面味轻多了。油多了，血脂高，对身体不好。

火腿沙拉

培根，一般有熏过的和非熏过的。培根用平底锅加蒜片煎过。我喜欢用新鲜的意大利帕尔马火腿做沙拉。

茄子烤后，凉一阵子。

喜欢西式红黄大辣椒，跟中国的辣椒不太一样。烤一下，也可以用盐拌一下，挤出水，看起来柔软，吃起来却脆。辣椒切丝，其实什么调料都不放，这样就已经好吃了。

菜里放过盐，放沙拉调料时，要特别注意，否则味就太咸。拌好菜后，最后在菜上放上几片火腿，这道菜就完成了。

辣椒可以做很多种菜，里面挖空，可以把奶酪、海鲜、肉放在里面蒸，几分钟后就是一道美味，清蒸时辣椒的香味都进到肉里了。

再添两枚梅子在里面，这样味道更香。

咖喱卷心菜

这道卷心菜做法特别简单。很多人用卷心菜来炒煮做汤，但是我喜欢生吃，新鲜。

欧洲的卷心菜不像中国的那么好吃，硬。用盐淹浸后，才会变得像中国卷心菜一样。用中国卷心菜来做，效果会更好。

将泰国黄咖喱——相比印度咖喱，更温和——用水化开，在锅里稍微加热。倒在腌好、拧干水分的卷心菜里，放上少许橄榄油和大蒜片、青红小辣椒粒，一拌就可以了。

这道菜可做麻辣味。前期一样处理，放调料时，加大蒜和辣椒。我会放三种辣椒：一种是辣椒酱；一种是新鲜的泰椒；一种辣椒油，菜籽油烧热，干辣椒切碎直接倒入，关火，这种辣椒最是香气十足。再放一些花椒油，放一些黄豆末和花生末，加一点咸菜丝，如四川担担面的配料，拌均匀，爱吃醋的人加醋，爱甜的人加半勺糖，这道菜酸酸甜甜，又麻又辣，就成了。

木瓜葡萄甜点

特别喜欢破开木瓜的感觉，手指触及湿润的瓜心，把又亮又黑的籽掏出来，很性感，连自己这颗冷酷的心也温暖起来，最想吃木瓜就是这个时候。

这籽，其实也不难吃，只是木瓜肉太香美，籽被比下去了。

有些人喜欢用勺子把籽弄掉，勺子隔了一层没了那种感觉，用手的话感觉就出来了：肉墩墩的，滑溜溜的，而且香气已经散发到我的鼻子里了。

把木瓜边都清理了。我做东西比较奢侈：用最好的部位，这样才会更好吃。

我给自己做菜是无条件的，否则吃那些不美味的菜，我情愿饿肚子。

做一道美味，对我来说是一种享受。女人都爱逛商店，其乐无穷，很多女人去那儿是为了买衣服，而我进商店，对食物更感兴趣。其实我做菜的感觉就跟女人喜欢逛服装店一样，不容易累。

看见可爱的绿葡萄，我就想做一道沙拉。

我以前用木瓜做过各种各样的菜：木瓜丝、蒸木瓜、木瓜加肉和海鲜。经常有人问我某道菜是怎么做的，我想不起来，但是每一次做菜都有很奇怪的感觉，觉得好吃，才做。做菜要有激情和爱，我把我的心都放在菜上了，大家会看见。

我需要一个甜一点的东西，酸奶比较好，浓浓的，稠稠的，一点点甜，自自然然。把酸奶倒在葡萄上面，样子看起来还不是特别完美，正好有一种美国的大豆可加上。其实现在有白兰地，或者杜松子酒，倒一点在上面，妙极。

葡萄与酸奶放一块，味道不同了，又有着葡萄的原汁原味，再吃木瓜，像是从来没吃过一样。如果放柠檬会更好吃，加青柠檬汁，味道一下子会更好。青柠檬汁浇在边上，样子也晶莹好看。

芒果芦笋辣椒沙拉

选新鲜、熟了的芒果，芦笋要小根一些的，去掉老的部分。选洋葱、胡萝卜和腌制的三文鱼。

手挤柠檬，这感觉湿润，满手柠檬香，有点酸酸的，然后放一点橄榄油，放一点西班牙的绿橄榄，放一些红豆。

芦笋烤最好，也可直接用平底铁锅加橄榄油和海盐煎一下，切段放入沙拉，非常好吃。这菜在夏天吃，特别开胃。为这菜，我要喝一点意大利白葡萄酒，超美。

生火腿奶酪土豆沙拉

生火腿，可以是意大利的，也可以是西班牙的，切薄片。用大蒜，这个做法比较法国。用土豆泥，最重要的是把橘子汁浇在土豆泥上面。再把芒果汁浇在火腿上面，特别香。

加一点橄榄油、一点点柠檬，生火腿本身是咸的，我保持原味。再放意大利芝麻菜，最后切奶酪，薄薄的三片，像苹果片一样架在火腿上。

油梨果西红柿小黄瓜沙拉

切好西红柿和黄瓜，辣椒、各种调料放在里面。在夏天吃有点上火，那就用蜂蜜。

放点醋或酒，油梨果、小黄瓜、西红柿切开了。盐要放均匀。

放一些大蒜，放一点新鲜的迷迭香。用橄榄油一拌，这个菜基本就做好了。

放几枚杏子，甜甜的，蜂蜜也是甜的。加一点酒，会吃的人能吃出这个沙拉有杏子的香味。

圣女果米饭

做米饭讲究的话，得用瓦罐做。柴，用樱桃木，起码要是松木，做出来才香。一定要用泉水。若没这条件，只能将就点，用桶装的矿泉水。

淘米得仔细。小时候妈妈总说淘米时不要讲话，我始终不得要领，吃饭时，妈妈若挑出一颗坏掉的米来，要看我一眼。那时米是陈年的，而且有壳，坏掉的米也有。妈妈那样说有道理，也是要我做事专心。

喜欢米半熟后，把米粒捞起来蒸。

米汤对身体好。小时候做饭没有微波炉，锅里煮熟米粒后，放在竹格子里蒸，米汤非常好喝，蒸出来的饭是一颗一颗，吃起来有嚼劲。现在我们做饭都不这样做，是快餐式的。

常淘米，手会非常嫩。

不过，在国外买的米我都不淘。但是在中国买的米，脏东西太多，抓的人手也很脏，得淘，像妈妈告诫过的，不要讲话。

用一点红茶水。

用十来个圣女果，和米一起蒸。

我喜欢用圣女果做菜，比如说炒饭里放圣女果丁，做墨西哥米饭也用。用圣女果来蒸饭，蒸出来的味道好。饭有自己的香味。泰国米加上英国的红茶、香甜的圣女果，味酸酸的，有一种茶的香味。

再放一点橄榄油，加一点点盐，不然饭偏酸。

有专门蒸饭的锅最好，若没有，就用炒菜的锅，水要多，煮开后五分钟，倒掉米汤——米汤凉了可以给孩子当水喝——盖上盖子小火焖。若只有微波炉，那就用最简单的方法，蒸二十分钟就够了。但是放多少水，放多少米和多少茶水、圣女果，就是技术了。水位最好是在米上两手指横叠的高度。

意大利豆子香肠汤

我在意大利锡比利尼山里一家小餐馆吃过一道当地的汤。吃完后，回味无限，出餐馆就看见隔壁店里在卖那豆子，当即买了两袋。一袋在伦敦煮了，一袋带回中国。

豆子类似于中国的豌豆，但是比豌豆还小还薄。

用三黄鸡来做汤。等这鸡汤熬好，再加点我姐姐做的香肠。用鸡汤、香肠煮豆子，能不美味？

原本这道菜是用意大利香肠做的，我用家乡重庆的香肠做。

说起重庆，很思乡。想起小时候身边一些人旅行时，包括走亲戚甚至出公差都带着一小瓶辣椒拌饭拌菜。每次到吃饭时拿出来，小心地挖一勺，吃得一脸红，受苦般呻吟，却是乐呵呵。如果在火车上或者餐馆、旅馆看见有人带辣椒，你根本不用问就知道那一定是四川人，不必奇怪。没有辣椒活不下去。我长大后，开始旅行，也带辣椒，我不仅带辣椒，还送给别人辣椒。只有近年，我慢慢减少了吃辣椒次数，外出基本上不带辣椒了，却到当地，去购一盆挂着小辣椒的小盆景，想吃的时候摘几颗下来，混在菜里吃。

用筷子看鸡熟没有，有一点血丝，行了，捞出来，放在碗里，凉在旁边，这时可以煮豆子。

豆子洗过，放入鸡汤。

鸡汤煮豆子，比水煮更好吃。用鸡汤跟清水做的味道当然是两种，用牛肉汤做出来肯定又是另一个味。

把香肠放进去，煮一阵儿再拿出来。

有时灵机一动，由灵感支配做一道菜，这样做出的菜更有激情，效果也更好。比如做这个豆子汤。意大利的豆子香肠汤在意大利吃更好吃。一方水土一方神，换地换水了，难也。最重要的是这水，我现在用北京的水，虽是矿泉水，但还是北京的。就像普洱茶，在云南喝就比在北京喝味好。那里的水制造了那样的茶，那样的空气那样的山，都不一样。

要让这汤变得和在意大利煮时一样好吃，用鸡汤来弥补环境、水质的改变。

十七分钟，香肠该捞起，煮久了不好吃。切片装盘。

豆子已经软了，跟我们中国的豌豆还不太一样，如果是豌豆的话，不会那么快就软。意大利豆子长在大雪覆盖的高山上，冰清玉洁，一想到是那样美丽的地方生长出来的，我都不舍得吃。

四川手撕鸡

这道菜看你选什么鸡，如果是三黄鸡，就用少许水煮，大鸡大约二十分钟，小鸡只需要几分钟。凉了，可以随心所欲地撕。

第一次吃这种鸡，是在四川边沿寨子里，看着厨子把煮熟的鸡撕成一条一条，用许多青辣椒、红辣椒作调料，让客人蘸着吃。

手撕和刀切鸡完全不一样。刀切下去，肉封住了，入味没有渠道；手撕出来，肉质纹路自然，有缝隙，调料进入容易。

找最厉害的辣椒、花椒。我不愿放已经做好的辣椒酱，用新鲜小辣椒，红的小尖椒，剁碎。再用新鲜的绿花椒，磨成粉。把辣椒、花椒、姜末、蒜丝、麻油等调料放上去，拌一下。放一点酱油，放一点糖，挤一点柠檬汁。

尝一块。是胸脯肉，很嫩，味道都进去了。酸中有甜，辣中带麻。西方人喜欢鸡胸脯肉，鸡胸脯卖得特别贵，觉得最好吃。在我看来它是鸡身上最难吃的。

在英国超市有一种玉米喂养的鸡，那鸡要煮久一点，二十五分钟。这鸡比英国好多鸡都好吃，加点盐和花椒，倒半瓶白葡萄酒，做盐焗鸡，不到半小时，酒干，鸡熟，切开时，骨头里稍有点血丝，鲜嫩味美。这种鸡烤来也好吃，最后记得，要手挤柠檬汁。

清水豆腐蘑菇菠菜汤

水开之后，撒点儿盐和姜丝，再放入豆腐，豆腐越煮越嫩，越煮越入味。

好些餐馆做麻婆豆腐，几分钟就起锅，味道没进入豆腐，豆腐中心没味，这个麻婆豆腐根本就不地道。

不管是做什么样的豆腐，豆腐要煮出花来才对。放一点柠檬。

柠檬可以调味，提味。当然放醋也好，我自己收藏贵妃醋做菜，也不错。若感冒了，想不开的时候可喝醋，多多益善。想想，成为一个醋罐子，肯定很有意思。

豆腐菠菜做好后，加蘑菇进去。煮一个清水的，不放油。得起锅。这柠檬放久了汤会太酸。

以前没做过豆腐加蘑菇，感觉蘑菇放在豆腐里可改变汤的味道。黄珂就很懂得做汤，在北京很少能找到像他那样懂得食物味道和美食本性的人。谁说过“得到一个男人的心，要通过肠胃。得到一个女人的心，要通过阴道”。我并不赞同这话，不过在黄珂这道汤面前，是可默认的。

豆腐煮成花来了。这样就煮透了，汤的味道也不一样，你看这个蘑菇也是，很多人做汤，肯定都是生的，蘑菇也是生的，豆腐也是生的。最后放菠菜。

一分钟后，这道清水豆腐蘑菇菠菜汤就成了。有人做这菠菜汤时菠菜总黄，你使劲煮，菜就变色了。最多两分钟火候就行了。

现在，亲爱的你，我们可以吃饭了。

香叶辣椒烤鸡腿

这道菜的鸡，最好用柴鸡或三黄鸡，在国外最好用玉米鸡，配料可以放蘑菇和土豆，也可以放香菇和木耳。

几日前我做了两样，因为朋友生日。一样放了印度黄咖喱，一样放了辣椒。

把鸡腿清理干净，用尖刀戳缝隙，用伏特加或杜松子酒，或日本清酒，抹鸡肉周身，挤柠檬汁，放海盐。然后用香叶、大蒜片、姜片，还用了西班牙火腿肉。

将配菜放盘底，混合后，再放鸡腿，浇上橄榄油。我浇了西班牙整只火腿的油，也用了酸酸的橄榄。烤二十九分钟足够，前一刻钟大火二百五十度，后调成二百度，时间到了，上桌前再挤上柠檬汁。